U0051339

小戰馬

目川文化

目錄

★【推薦序】

陳欣希（臺灣讀寫教學研究學會理事長、曾任教育部國中小閱讀推動計畫協同主持人）

我們讀的故事，決定我們成為什麼樣的人！

經典，之所以成為經典，就是因為——其內容能受不同時空的讀者青睞，而且，無論重讀幾次都有新的體會！

兒童文學的經典，也不例外，甚至還多了個特點——適讀年齡：從小、到大、到老！

◇年少時，這些故事令人眼睛發亮，陪著主角面對問題、感受主角的喜怒哀樂……，漸漸地，有些「東西」留在心裡。

◇年長時，這些故事令人回味沈思，發現主角的處境竟與自己的際遇有些相似……，漸漸地，那些「東西」浮上心頭。

◇年老時，這些故事令人會心一笑，原來，那些「東西」或多或少已成為自己的一部分了。

是的，我們讀的故事，決定我們成為什麼樣的人。

擅長寫故事的作者，總是運用其文字讓我們讀者感受到「主角如何面對自己的處境、有何情緒反應、如何解決問題、擁有什麼樣的個性特質、如何與身邊的人互動……」。就這樣，在閱讀的過程中，我們會遇到喜歡的主角，漸漸形塑未來的自己；在閱讀的過程中，我們會感受不同時代、不同國家的文化，漸漸拓展寬廣的視野！

鼓勵孩子讀經典吧！這些故事能豐厚生命！若可，與孩子共讀經典，聊聊彼此的想法，不僅促進親子的情感、了解小孩的想法、也能讓自己攝取生命的養份！

倘若孩子還未喜愛上閱讀，可試試下面提供的小訣竅，幫助孩子親近這些經典名著！

【閱讀前】和小孩一起「看」書名、「猜」內容

以《頑童歷險記》一書為例！

先和小孩看「書名」，頑童、歷險、記，可知這本書記錄了頑童的歷險故事。接著，和小孩猜猜「頑童可能是什麼樣的人？可能經歷了什麼危險的事……」。然後，就放手讓小孩自行閱讀。

【閱讀後】和小孩一起「讀」片段、「聊」想法

挑選印象深刻的段落朗讀給彼此聽，和小孩聊聊——或是看這本書的心情、或是喜歡哪一個角色、或是覺得自己與哪個角色相似……。

陳安儀（親職專欄作家、「多元作文」和「媽媽 Play 親子聚會」創辦人）

在這麼多年教授閱讀寫作的歷程之中，經常有家長詢問我，該如何為孩子選一本好書？而我常常告訴家長：「如果你對童書或是兒少書籍真的不熟，不知道要給孩子推薦什麼書，沒有關係，選『經典名著』就對了！」

為什麼呢？道理很簡單。一部作品，要能夠歷經時間的汰選，數十年、甚至數百年後依舊能廣受歡迎、歷久不衰，證明這本著作一定有其吸引人的魅力，以及亙古流傳的核心價值，才能夠不畏國家民族的更替、不懼社會經濟的變遷，一代傳一代，不褪流行、不嫌過時，歷久彌新，長久流傳。

這些世界名著，大多有著個性鮮明的角色、精采的情節，以及無窮無盡的想像力，令人目不轉睛、百讀不厭。此外，**這類作品也不著痕跡的推崇良善的道德品格，讓讀者在不知不覺的閱讀經驗之中，潛移默化，從中學習分辨是非善惡、受到感動啟發。**

比如說《地心遊記》的作者凡爾納，他被譽為「科幻小說之父」，知名的作品有《海底兩萬里》、《環遊世界八十天》……等六十餘部。這本《地心遊記》廣受大人小孩的喜愛，一共被搬上銀幕八次之多！凡爾納的文筆幽默，且本身喜愛研究科學，因此他的《地心遊記》不但故事緊湊，冒險刺激，而且很多描述到現在來看，仍未過時，甚至有些發明還成真了呢！

又如兒童文學的代表作品《祕密花園》，或是馬克・吐溫的《頑童歷險記》，驕縱的女主角瑪麗和流浪兒哈克，以及調皮搗蛋的湯姆，雖然不屬於傳統乖乖牌的孩子，性格灑脫不羈，無法在課業表現、生活常規上受到家長老師的稱讚，但是除卻一些小奸小惡，在大節上他們卻是堅守正義、伸張公理的一方。而且比起一般孩子來，更加勇敢、獨立，富於冒險精神。

這不正是我們的社會裡，一直欠缺卻又需要的英雄性格嗎？

還有像是《青鳥》，這個家喻戶曉的童話故事，藉由小兄妹與光明女神尋找幸福青鳥的過程，作者以隱喻的方式，將人世間的悲傷、快樂、死亡、誕生、……以各式各樣的想像國度呈現在眼前。最後，兄妹倆歷經千辛萬苦，才發現原來幸福的青鳥不必遠求，牠就在自己的家裡。這部作品雖是寫給孩子的童話，卻是成人看了才能深刻體悟內涵的作品，難怪到現在仍是世界舞台劇的熱門劇碼。

另外，現在雖已進入21世紀，然而隨著人類的科技進步，「大自然」的課題，重要性卻日益增加，不曾減低。這次這套【影響孩子一生的世界名著】裡，有四本跟大自然、動物有關的作品：《森林報》、《騎鵝旅行記》和《小鹿斑比》、《小戰馬》。這些作品早已經因為各式改編版的卡通而享譽國內外，然而，閱讀完整的文字作品，還是有完全不一樣的感動。尤其是我個人很喜歡《森林報》，對於森林中季節、花草樹木的描繪，讀來令人心曠神怡。

這套【影響孩子一生的世界名著】選集中，我認為比較特別的選集是《好兵帥克》和《史記》。前者是捷克著名的諷刺小說，小說深刻地揭露了戰爭的愚蠢與政治的醜惡，筆法詼諧逗趣；後者則是中國的古典歷史著作，收錄了許多含義深刻的歷史故事。這兩本著作非常適合大人與孩子共讀。

衷心盼望我們的孩子能**多閱讀世界名著，與世界文學接軌之餘，也能開闊心胸、增長智慧、陶冶品格，將來成為饒具世界觀的大人。**

張東君（外號「青蛙巫婆」、動物科普作家、金鼎獎得主）

雖說市面上每年都有非常多的作家寫了很難數清的作品，但是，出版社仍不時會重新出版許多前人寫的故事，最重要的原因就在於那是「經典」、「古典」，是歷久彌新、經得起時間考驗、必讀不可的好故事（還大多被拍成電視、電影、卡通、動畫）。

【影響孩子一生的世界名著】系列精選的每一本，不論在不在手邊，我都能夠講得出內容，不管旁邊的人想不想聽，總會是滔滔不絕的說出我喜歡或討厭書中的哪個角色，有多想跟著書中主角去做哪些事情等等。

例如，西頓動物故事《小戰馬》中明明就是人類的開發，導致動物喪失棲息地以及食物，卻一味怪罪於動物。〈狼王洛波〉的故事，對於喜歡狼的我來說，更是加深我對人類的厭惡感。

《騎鵝旅行記》我在小時候看這本書的時候，只覺得真不公平，明明主角是個欺負弱小及動物的壞孩子，卻有機會可以跟著許多動物一起離開家到處遊歷。其實這本是獲得諾貝爾獎的作品中，少數以兒童為主角的帶點奇幻又能讓讀者學到地理的書。

《小鹿斑比》讓我認識許多野生動物會遇到的危險，以及鹿媽媽和老鹿王教給小斑比的許多生活經驗和智慧。

《森林報》因為是很大以後才看的，就讓我比較有旁觀者的感覺，不像小時候看故事那樣能夠跟書中角色交朋友，也再次讓我確認有些書雖然是歷久彌新，但是假如能夠在小時候以純真的心情閱讀，更能獲得一輩子的深刻記憶。至於回憶是否美好，當然是要看作品囉！

縱然現在的時代已經不同，經典文學卻仍舊不朽。我的愛書，希望大家也都會喜歡。

施錦雲（新生國小老師、英語教材顧問暨師訓講師）

108新課綱即將上路，新的課綱除了說明12年國民教育的一貫性之外，更強調「核心素養」。所謂「素養」，在蔡清田教授2014年出版的《國民核心素養：十二年國教課程改革的DNA》一書中，強調素養同時涵蓋competence及literacy的概念，competence是學科知識、能力與態度的整體表現，literacy所指的就是閱讀與寫作的能力。

一套能提供學生培養閱讀興趣與建立寫作能力的書籍是非常重要的，【孩子一生必讀的世界經典】就是這樣的優質讀物。這系列共10本書，精選了10個來自不同國家作者的經典著作及多樣的主題，讓學生可以透過閱讀了解做人的基本道理及處事的態度，進而包容多元的文化並尊重大自然。

《小戰馬》能讓讀者理解動物的世界，進而愛護動物並與大自然和平共存。

《地心遊記》充滿冒險與想像，很符合這個現實與虛擬並存的21世紀。

《青鳥》能讓孩子了解幸福的真諦。

《騎鵝旅行記》能透過主人翁的冒險，理解到友誼及生命的可貴。

《史記故事》透過精選的15則故事，讓讀者鑑往知來，從歷史故事中出發，當生活中遇到困難該如何面對。

一套優良的讀物能讓讀者透過閱讀吸取經驗並激發想像力，閱讀經典更是奠定文學基礎最好的方式。

張佩玲（南門國中國文老師、曾任國語日報編輯）

當孩子正要由以圖為主的閱讀，逐漸轉換至以文為主階段，此系列的作品可稱是最佳選擇，無論情節的發展、境況的描述、生動的對話等皆透過適合孩子閱讀的文字呈現。

由衷希望孩子能習慣閱讀，甚至能愛上閱讀，若能知行合一，更是一樁美事，**讓孩子發自內心的「認同」，自然而然就會落實在生活中。**

戴月芳（國立空中大學／私立淡江大學助理教授、資深出版人暨兒童作家）

因為時代背景的不同，產生不同的決定和影響，我們讓孩子認識時間、環境、角色、個性、條件會影響抉擇，所以就會學到體諒、關懷、忍耐、勇敢、上進、寬容、負責、機智，這些都是**不同時代的人物留給我們最好的資產。**

謝隆欽（地球星期三 EarthWED 成長社群、國光高中地科老師）

就一本啟發興趣與想像的兒童小說而言，是頗值得推薦的閱讀素材。……文字淺白，情節緊湊，若是**中小學生翻閱，應是易讀易懂；也非常適合親子或班級共讀**，讓大小朋友一同與書中的主角，共享那段驚險的旅程。

王文華（兒童文學得獎作家）

【影響孩子一生的世界名著】跨越時間與空間的界限，帶著孩子們跟著書中主角一起生活與成長，從閱讀中傾聽《小戰馬》、《小鹿斑比》等動物與大自然和人類搏鬥的心聲，跟隨《地心遊記》、《頑童歷險記》、《青鳥》追尋科學、自由與幸福的冒險旅程，踏上《騎鵝歷險記》、《森林報》的歐洲土地領略北國風光，一窺《史記》、《好兵帥克》的中國與歐洲一戰歷史。**有一天，孩子上歷史課、地理課、生物自然課，會有與熟悉人事物連結的快樂，自然覺得有趣，學習起來就更起勁了。**

李貞慧（水瓶面面、後勁國中閱讀推動教師、「英文繪本教學資源中心」負責老師）

孩子透過閱讀世界名著，將**豐富其人文底蘊與文學素養**，誠摯推薦這套用心編撰的好書給大家。

李博研（神奇海獅先生、漢堡大學歷史碩士）

介於原文與改寫間的橋梁書，除了提升孩子的閱讀能力與理解力，他們更可以從一則又一的故事中了解各國的文化、地理與歷史，也能從《好兵帥克》主人翁帥克的故事中，明白戰爭帶給人類的巨大傷害。

金仕謙（臺北市立動物園園長、台大獸醫系碩士）

在我眼裡，所有動物都應受到人類尊重。從牠們的身上，永遠都有值得我們學習的地方。很高興看到這系列好書《小戰馬》、《小鹿斑比》、《騎鵝歷險記》、《森林報》中的精采故事。相信從閱讀這些有趣故事的過程，可以從小**培養孩子們尊重生命，學習如何付出愛與關懷，更謙卑地向各種生命學習，關懷自然**。真心推薦這系列好書。

第一章 長耳兔「小戰馬」

這是一隻鼎鼎大名的長耳兔的故事，牠叫做「小戰馬」。

長耳兔「小戰馬」對村子裡的狗十分熟悉。靠著圍籬上的小洞，每一次，牠總能躲過褐色大個子獵狗的追擊。而當碰到那些能鑽過小洞的狗，長耳兔就跳過一條二十英尺寬、水流湍急的排水渠。現在村裡的孩子們還把這個地方叫做「老兔跳躍點」呢！可要是碰上那隻長腿獵狗，小戰馬就只能使出最後一招：左躲右閃的逃進灌木叢裡。村子裡當然還有其他的獵狗，但是那些獵狗都沒什麼真本事，小戰馬只需在空地上跑跳一陣子，就能把牠們遠遠的甩開。

又能跑、又能跳的小戰馬，只對村子裡那隻長腿惡犬有些害怕，因為之前有幾次，這隻惡犬一直追著牠，小戰馬一點辦法也沒有，被嚇壞了。

那隻獵犬是個危險的敵人，要不是小戰馬有一次成功逃過牠的追捕，說不定早就成了這隻大狗的美味大餐。

小戰馬總是在晚上出來覓食，這個時候周圍的敵人通常比較少。但是一個冬日清晨，當小戰馬準備從逗留許久的苜蓿地離開，再穿過雪地回到窩裡的時候，卻恰巧遇上了那隻四處遊蕩的長腿惡犬。這個時候，天色已經很亮，積滿白雪的空地讓小戰馬無處可躲，厚厚的積雪又讓牠跑都跑不快，眼看獵狗已經追了上來，情況真是危險啊！

一個追、一個逃，獵狗和兔子在雪地上飛快的跑著。牠們跑過空曠的雪地，揚起一撮撮的雪花。情況明顯對獵狗有利，空蕩蕩的肚子、軟軟的積雪、寒冷的天氣，讓這隻獵狗精神十足，而兔子卻是吃得飽飽的，邁起步子非常艱難。

一連串的腳印出現在雪地上，追逐繼續進行著。小戰馬幾次想躲到籬

笆後面去，可惜都被獵狗堵了回來，現在牠的耳朵垂了下來，好像洩了氣一樣。但是，不一會兒，兔耳朵又立了起來，因為小戰馬想到了辦法。牠朝著東邊的草原跑去，跑沒多遠，又來了個急轉彎，攪亂了獵狗的視線。這樣兜兜轉轉了幾次之後，小戰馬闖進了一戶農莊裡，牠從門上的雞洞鑽了進去，在打穀場上躲了起來。獵狗縱身一跳，也跳過了那扇矮門，但牠卻跑進了雞群當中，頓時雞飛狗跳、好不熱鬧，看守院子的另一隻獵狗也趕了過來，兩隻獵狗就這樣吵了起來。

結果，小戰馬又從那個雞洞鑽了出去。牠聽到後面傳來雞叫聲、羊叫聲、狗叫聲，還有牧人大聲吆喝的聲音，真是熱鬧啊！可是，小戰馬可沒空去看好戲，牠一溜煙的就跑走了。

從此以後，那隻長腿惡犬再也不敢打小戰馬的主意了。

一直以來，苦日子和好日子都是交替循環，而且向來被視為是一種自然現象。可是這兩年，在卡斯喀多州，兔子們卻經歷了前所未有的繁盛、以及史無前例的衰敗，而牧人的到來正是事情發生的原因。

牧人帶來了槍和獵狗。

一時間，狐狸、山狗、獾和老鷹，這些兔子的天敵數量迅速減少，於是兔子們開始大量繁殖。可是沒多久，一場瘟疫就殺死了大多數的兔子，有一段時間，長耳兔反而成了稀有動物。再不久，人們開始大量種植灌木，兔子們又有了可以逃生活命的地方。兔子們學會利用灌木，躲開可怕的獵狗和狐狸，牠們常常跑進灌木叢的小洞，然後趁著敵人尋找洞口的時候，趕緊溜得遠遠的。

在經過了幾次物種興衰之後，這裡的兔子終於又逐漸繁衍起來了。現在活著的這些長耳兔是家族中最優秀的，牠們躲過了疾病、敵人和惡劣的天氣。其中有一隻叫「亮眼睛」的母兔，牠可善於偽裝了，而且還是個奔跑高手。

在「亮眼睛」的孩子中，有一隻也擁有和母親一樣閃亮的眼睛和灰色的皮毛，牠就是我們故事的主人翁——小戰馬。

還是幼兔的時候，小戰馬就發明了一種新的逃跑戰術。

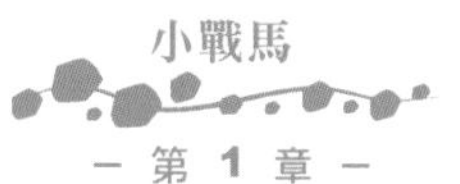

那一次，牠被一隻可怕的小黃狗追趕，學會的躲閃奔跑顯然無法將這個敵人甩掉。小戰馬鑽進了灌木叢，可是黃狗也鑽了進來。這下子，這隻年幼的兔子開始緊張起來，牠的耳朵也垂了下來。

這時，牠突然看見前方有一群牛，裡面還有一頭小牛犢。後方顯然已經沒有退路，小戰馬就這樣莽莽撞撞的衝進了牛群中。牠並不知道這些牛能否保護自己，可是和後面的黃狗比起來，這些牛顯得安全多了。於是，小戰馬想也沒想，就衝進了牛群裡。

一隻兔子不會引起牛的注意，可是隨之而來的黃狗卻讓牛發起火來。牛群打了一個響鼻，圍攏過來，向黃狗發動了攻擊。黃狗閃身避開，卻被誤會是要攻擊小牛犢。於是，母牛狠狠衝了上去，這一撞，可差點要了黃狗的小命。

而聰明的小戰馬早已趁亂溜之大吉了。這次經驗被小戰馬牢牢記在心裡。後來，牠就用這個逃生戰術，救了自己很多次的命。

長耳兔小戰馬擁有很特別的毛色。

一般來說，動物的毛色有兩種：一種是保護色，與周圍的環境顏色相似，便於隱藏；另一種是指示色，是為了與周圍的環境區分開來。但長耳兔卻兩種顏色兼具，牠們的耳朵、腦袋和腹部兩側是一片灰色，與地面岩石的顏色很接近；可是一旦發現危險近在眼前，長耳兔便會義無反顧的跑起來，這時，牠們的耳朵會變得雪白，只留下耳尖的一點黑色，四條腿也雪白如紙，唯有尾巴像個小黑點。為什麼會這樣呢？原來啊！牠們身上的黑白灰三色分布得很好，能夠搭配出兩套「服裝」。坐著的時候，就穿著灰色大衣；跑起來的時候，就換上黑白灰相間的短外套。

為什麼在逃跑時，長耳兔反而要穿上鮮明的顏色顯露自己呢？答案是這樣的：一來，可以讓同類迅速發現自己，避免受到驚嚇，亂跑一通；二來，要是真的碰上敵人，也能讓敵人發現自己的身分，讓牠們知難而退。因為像狐狸這樣的動物都知道，一隻普通的兔子也許很好捉，但是一隻長耳兔就不一樣了，你可能花了很大的力氣去追捕，卻連兔毛都捉不到，最後根本白忙一場。

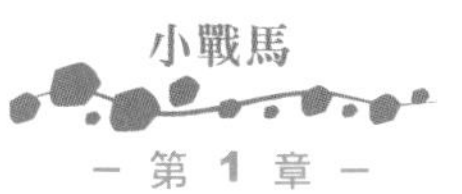

小戰馬的毛色就十分典型，牠有鮮明的灰白黑區別，灰色的隱形衣和黑白色的顯形衣都十分出色，而且，牠的逃跑本領也非常高。

農場的獵狗都有這樣的教訓：灰色的長耳兔或許還能勉強逮到手，但遇上黑白灰相間的兔子，就大可不必費心了。雖然獵狗經常追趕長耳兔，但那只不過是隨便玩玩。小戰馬也經常逗獵狗玩，年幼的兔子都喜歡這樣的追逐遊戲。

小戰馬有自己的活動範圍，大概是在村子向東三英里的區域內。在這塊土地上，牠挖了好多的窩，更確切的說，那只不過是隱藏在灌木叢或草叢中，一個又一個的小洞。不同的日子，小戰馬會住在不同的窩。這些小洞都沒有什麼裝飾，小戰馬白天待在窩裡，到了晚上，就高高興興的跑出來和小兔子們玩在一起，牠們在月亮底下跳著、跑著，吃著最鮮美的青草，這樣的日子真是太美好了，每一隻小兔子都長得圓圓胖胖的。

第二章　兔子們的災難

冬季快結束的時候，一位旅客來到這個單調的小鎮，這裡沒有美麗的風景，也沒有特別有趣的房子，他沒有事情可做，覺得很無聊，所以想找些樂子。於是，當旅客在狗的足跡中，發現一個長耳兔的腳印時，立刻引起了他的興趣。他向一個路人詢問鎮上是否有長耳兔。

「沒有。」那人回答。

於是，旅人又向一位磨坊工人打聽，而他也說沒有。

這時，一群孩子走來，他們立刻給這個外地人指明方向：「有，就在草原上。有一隻大兔子，住在甜瓜地裡，渾身又灰又白，像棋盤格子一樣。」

於是，外地人往東邊走了去。

孩子們說的「大兔子」就是小戰馬，牠現在並不住在甜瓜地，而是待在西邊更暖和的窩。牠一下子就發現了走過來的外地人。看見情勢不對，小戰馬飛

快的鑽出窩，朝東奔竄而去。

一般的長耳兔，向前跳躍四、五步之後，總會向上彈跳一下，回頭查看敵情。而一隻聰明的長耳兔，會跳躍七、八步才回頭一下。至於小戰馬則是跳躍十二步以後，才猛力彈跳得高高的，這樣牠就能把敵情看個一清二楚。而且牠的尾巴特別長，所以每跳躍一步都能在地上留下一個長印子。

有些兔子看見來的人沒有帶獵狗，並不會特別感到慌張。可是小戰馬可不敢這麼大意，當敵人還在七十五碼之外時，牠早已悄聲鑽過東南面的籬笆牆，跑到另一個窩裡了。

但歇了一會兒，牠敏感的大耳朵就聽到了「**咚咚咚咚**」的腳步聲，於是，小戰馬再次小心的離開了這個洞穴。這一次，牠一路狂奔，直到跑過籬笆和鐵絲網才回頭查看。這個帶棍子的人正在追蹤牠的足跡呢！這下子，小戰馬明白了，自己應該使用迂迴跑法。於是，牠筆直的跑向籬笆，又原路折返回來，然後才改變方向，衝向自己的另一個洞穴。

在外面跑了一整夜，小戰馬累得想倒頭就睡，可是牠都還沒把窩暖和起來，那個腳步聲又來了。沒辦法，小戰馬只得再次出發。這一次，牠準備擺出迷魂陣。牠從洞穴出發，故意東彎西繞，走了不少冤枉路，然後牠跑向另一個洞穴，可是牠並沒有躲進去，而是繞到另一個入口回到家。這下子，牠終於可以安心了，牠縮著身體，就像一個小球般，安靜的睡著了。

沒想到，不久之後，地上又傳來了腳步聲，小戰馬覺得這一次真的遇上難纏的對手了。於是，牠改變了策略，跑向那個門上有雞洞的農場，這個地方可是小戰馬的幸運之地，牠總能在這裡甩開敵人的跟蹤。可惜這一次，雞洞被封得死死的，牠吃了個閉門羹。

還好，小戰馬隨即有了新主意，牠慢慢朝獵狗看守的那扇木門移動。這個時候，獵狗睡得正香，幾隻母雞蹲坐在院子裡曬太陽，農場裡安安靜靜的。小戰馬到門口的時候，農場養的貓正悠閒的從穀倉跑向廚房。

眼看著追蹤的人朝這邊走來，小戰馬趕緊躲進了院子。沒想到一隻公雞被小戰馬嚇了一跳，發出了一聲尖叫。這聲尖叫一下子就把獵狗吵醒了，牠站起身準備過來查看一番。

小戰馬趕緊把自己縮在地上，試圖偽裝成一塊石頭。

幸好，那隻粗心大意的貓救了牠，因為正好在這時，貓打翻了窗臺上的一盆花，貓轉身逃開，狗就追了出去。於是，小戰馬趕緊匆匆逃出了這裡。

等那個外地人跟著小戰馬的腳印，來到農場的時候，那隻可憐的貓已經被牠的主人救了出來，正窩在主人的懷裡「喵喵」的叫個不停。而那隻倒楣的獵狗則被主人修理了一頓，正蹲在一旁生著悶氣。外地人沒有發現到小戰馬的行蹤，就失望的離開了。

第二天，這個外地人再次出來尋找長耳兔，但他仍舊只看到了小戰馬的腳印。而且，在小戰馬的腳印邊，還能看到幾個稍小的腳印。原來，這是一對長耳兔夫妻──小戰馬和牠妻子的腳印。

第二年夏天，人們愚昧的制訂了獵捕老鷹的獎勵條款，導致兔子的數量迅速增加，現在，兔子幾乎成了草原上最可怕的動物，因為牠們吃光了草，甚至連農民們的糧食都搶食一空了。

於是，一天清晨，農民們一起出發去圍捕兔子。出於安全考量，他們並不帶槍，而是帶著棍子和石頭。大家還準備了鐵罐子，他們敲打著鐵罐子，或是把鐵罐子綁在馬車後面，「**乒乒乓乓**」的聲響，能夠把兔子們搞得暈頭轉向。

圍剿行動從早上八點開始，農民們先是安排成幾支隊伍，從三面包圍草原，並且在另一面設置了捉兔子的鐵絲網。

大家拿著棍子，敲敲打打，開始了獵捕行動。只要發現兔子洞，人們就用棍子敲打洞口，一看見兔子跑出來，就拿木棍把兔子打死。有些受了驚嚇的兔子自己跑出了洞，但是牠們只要一露出頭，人們就拿石頭砸牠們，於是，許多兔子都被打死了。人們不放過任何一片草叢或灌木叢，當然也不放過任何一個兔子洞。很多兔子都丟了性命，只有最聰明的兔子逃了出去。

三個小時之後，從三面包圍的隊伍聚集在一起，他們已經打死好多兔子，許多人的手上都拎滿了兔子。

可是人們還不打算離開，他們決定分成兩組，從兩邊再來一次大掃蕩。隨著包圍圈越來越小，兔子們被趕在了一起，草地上盡是一群群亂竄的兔子。

人們把兔子們趕到了鐵絲網的附近。眼看無路可逃，兔子們都垂下了耳朵，顯得非常可憐，牠們有的蹲在鐵絲網旁邊，有的縮著身體發抖，還有一些小兔子緊緊的躲在媽媽的肚子底下。

小戰馬呢？

原來，牠在一開始就跑進了鐵絲網陷阱裡。人們在鐵絲網裡設下了五百個木箱，跑得最快、最聰明的兔子在圍剿時，就一馬當先在這裡找到

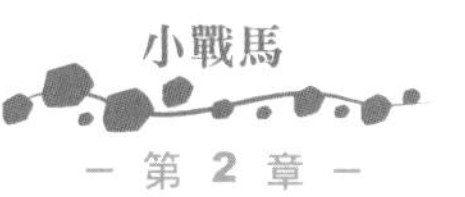

了庇護的地方，牠們躲在木箱子裡，以為這樣就安全了。

人們在鐵絲網裡設置木箱，是為了留下最健壯的兔子，舉行獵狗競賽。不久，五百隻兔子勇士就被送進了城裡的競賽場。在這裡，這些長耳兔很快就忘記了悲傷，在飼養員的照料下，安心的生活了下來。

第二天，兔子訓練就開始了。圍場裡設有一、二十個通往競賽廣場的小門，兔子們一從小門中出來，孩子們就大聲叫嚷著把牠們趕回去。幾次下來，兔子們終於明白，有危險時只要跑進小門，就會安全了。

接下來，人們把兔子們趕進一條長長的跑道，跑道盡頭是競賽場起點。等大門一打開，一群孩子和幾隻狗就一個勁的趕著兔子往前跑。經過幾次之後，人們注意到了一隻有著漂亮毛色的長耳兔，這隻兔子的眼睛是那麼明亮，牠的四條腿是那麼有力，每次牠都跑在最前面，而且跑的時候根本不回頭張望一下，反而是朝對面圍場的小門直衝過去。

「你看，牠就是一匹小戰馬嘛！」一個愛爾蘭小夥子說，而這也就是「小戰馬」這個名字的由來。

用不了多久，小戰馬已經是競賽場上大名鼎鼎的兔子了。

「這個小傢伙可真不賴，那些獵狗都不是牠的對手。」一位飼養員說。

「那可不一定喔！要知道，今年有好幾隻不錯的獵狗呢！腳長、脖子長，都是跑得很快的獵狗。」一位馴狗師說。

「可是，兔子也不笨啊！」飼養員說。

「那狗就傻嗎？」馴狗師反問他。

等兔子們都學會一出圍欄，就直奔對面的安全小門時，兔狗大賽就要開幕了，人們都期待著小戰馬與最優秀的獵犬來一場最精采的比賽。

第三章 奔向自由

大賽開幕當天，天氣晴朗無比，藍色的天空中看不見一絲白雲。

馴狗師們都給自己的愛犬做了保護，他們幫每隻獵狗披上了精美的毯子，只露出牠們警覺而機靈的眼睛、細長的脖子，以及健壯的四肢。牠們個個身懷絕技，都是狗主人花很多錢培養出來的優秀獵狗，絕不能有一點點的損傷，以免影響了比賽成績。

比賽的規則是：每兩隻獵狗編成一組，進行初賽，比賽的時候只放出一隻兔子，獵狗如果捉住兔子就直接得分。迫使兔子轉彎，也能得分。

比賽的結果一般只有四種：一種是獵狗在比賽一開始就捉住了兔子；另一種是兔子聰明的逃回了對面的圍場；第三種是獵狗跑到沒力氣，最後還是被疲於奔命的兔子逃回了圍場；第四種是獵狗跑到精疲力竭，但兔子也沒能逃進圍場，因為跑不動了，就會被一槍斃命。

競賽場上，也有一些不法的情事。新任的放狗員米蓋見錢眼開，他經常為了錢做出一些亂七八糟的事情。身為放狗員，他可以控制讓什麼樣的獵狗和什麼樣的兔子進行比賽。

光是這一次的比賽，他就可以利用權限賺進一大筆錢。

預賽結束的時候，一共有五十隻長耳兔犧牲了。

接下來，即將開始的是爭奪大獎的決賽。

獵狗明基和對手首先登場。這兩隻獵狗都十分優秀，身上沒有一點點多餘的贅肉，看上去就像兩匹小馬。但是，已經有人買通米蓋，讓他刁難一下明基，於是米蓋選擇了三號兔子——小戰馬。

小戰馬被放了出來，米蓋揮著棍子趕著牠往前跳。進場時，小戰馬還來了一次跳高，看了看四周的觀眾。等小戰馬跳到三十碼的地方，獵狗被放了出來。

一看見小戰馬，這兩隻狗立刻衝了出去，牠們都想盡快捉住這隻兔子，狠狠的咬住牠，讓觀眾看看自己有多麼厲害。

小戰馬一跳就有十四英尺遠，牠只顧埋頭狂奔，完全沒有注意到獵狗已經被放了出來。一眨眼，小戰馬就像一枝白色的箭，衝進了圍場。

剛才還在為獵狗歡呼的觀眾，這下子全都為小戰馬歡呼了起來。他們沒有想到，這隻長耳兔竟然這麼快就結束了比賽，似乎在獵狗被放出來的一瞬間，小傢伙就已經飛奔了起來。當獵狗才跑到一半的地方，小兔子已經鑽進了安全的圍場。小戰馬的表現實在太優秀了，觀眾席裡響起了一陣掌聲和讚美聲。

新聞記者這次可有新鮮事可寫了。第二天，報紙上就登出了這樣一段話：

「**小戰馬成績驚人，長耳兔完勝獵狗。**」

在這之後，小戰馬便成為米蓋細心呵護的小寶貝。當老放狗員黎斯曼重返工作崗位的時候，米蓋又變回了一個小小的發令員，可是他把自己全部的關愛都給了小戰馬。那次送來的五百隻兔子，現在已經沒剩下幾隻了，每一次比賽都得犧牲掉四、五十隻兔子。雖然也有兔子安全的跑回圍場，但是每次都一路向前衝、從不拐彎的兔子，只有小戰馬一個。

米蓋總是給小戰馬最鮮嫩的青草，每天都來撫摸這隻厲害的兔子，還經常讓牠自由自在的跑上一陣。

小戰馬仍然奔跑在賽場上，米蓋顯然對牠著了迷，有幾次他甚至這樣說：「輸在小戰馬的手裡，每一隻獵狗都是雖敗猶榮的。」

從小戰馬上場以來，每一次比賽，都受到了記者們的注意，隔天報上總會出現「**小戰馬再次勝利**」的新聞。當牠第六次完成比賽時，米蓋的同情心被激發了出來，他大膽的向賽狗協會的幹事說：「小戰馬已經贏了這麼多場比賽，應該獲得牠應有的自由。」

幹事回答說：「等牠跑贏十三次，我就放牠自由。」

這時候，另一批新的兔子被運送了過來，其中有一隻和小戰馬長得很像。

於是，米蓋借來收票員的剪票夾，準備在小戰馬的耳朵上做個記號。鋒利的夾子在小戰馬的長耳朵上留下了一個星形的小洞，這讓米蓋靈光一閃，他決定用這樣的星形小洞來記錄小戰馬的獲勝次數。當天，小戰馬的左邊長耳朵上就多了六顆小星星。

小戰馬還是每戰必勝，沒有哪隻獵狗能夠威脅牠。兩個星期後，小戰馬順利得到了十三場的勝利。而牠長耳上的小星星，也從一個耳朵延伸到了另一個耳朵，左耳上六顆、右耳上七顆。

「現在你自由了，小戰馬！十三真是個吉利的數字。」米蓋心裡十分高興。

但這時，米蓋卻聽到幹事回覆說：「可是我想要牠今天再多跑一次，」幹事竟然出爾反爾，「既然獵狗可以一天跑好幾次，為什麼兔子不可以呢？我已經用小戰馬和一隻新的獵犬打賭了。今天下午就讓牠再跑一次。」

「獵狗不會有生命危險，但是兔子可不一樣，牠們每次都在逃命呢！」米蓋十分生氣，他覺得幹事言而無信。

「夠了，別囉嗦！」幹事不耐煩了，不想再談。

此時，圍場已經增加了很多新來的兔子，其中有一隻大公兔，特別好鬥。那天早上，當小戰馬從競賽場上衝回圍場時，那隻大公兔趁機偷襲了小戰馬。牠用力的咬了小戰馬一口，又踢了小戰馬一腳。

要是在平常，小戰馬必定三兩下就解決了這個挑釁者。但這一次，比賽已經用盡了牠的力氣，小戰馬不得不費了好長的時間，才打敗這隻討厭的兔子，而且，打完這場架以後，牠的身上多了幾個青色的腫塊。身上的傷非常疼痛，對於小戰馬的奔跑速度顯然有了很大的影響。

下午的比賽按時進行，米蓋沒有辦法阻止，小戰馬也只好上場比賽了。被放出來之後，小戰馬照樣壓低著身子，豎起耳朵，快速的向前奔跑，風穿過牠耳朵上的星星，發出「咻——咻——」的聲音。

獵狗明基和法格竄了出來，牠們知道，這一次又是遇上難纏的小戰馬。但漸漸的，獵狗們竟然追上了小戰馬。明基甚至讓小戰馬轉了個彎，看臺上，那些希望獵狗贏的人開始歡呼。隨後，法格也迫使小戰馬轉了個彎。

現在，追逐遊戲又回到了起點。走投無路的小戰馬，竟然一躍而起，跳進了站在一旁的米蓋懷裡。其實，小戰馬並不知道米蓋有對牠特別的關愛，牠只是從眼前致命的敵人，投奔向一個或許可以信任的夥伴。米蓋抱著懷中的小戰馬，匆匆退出了競賽場。

結果顯而易見，看臺上的觀眾開始為獵狗歡呼，獵狗終於打敗了從來沒有落敗過的小戰馬，太了不起了。但是也有人覺得不公平，大聲喊道：「要全程跑完，比賽才算結束！」

這一吼，正合了那位幹事的心意，要知道，他可是把所有家當都押在了小戰馬的身上呢！於是，他立刻決定再比一場。

米蓋只能盡力為小戰馬爭取到一個小時的休息時間，可是這顯然無法挽回敗局。雖然休息之後的小戰馬跑得比上次平穩多了，但是在跑過看臺沒幾步之後，牠就被法格逼著轉了一個彎，接著明基又追了上來。就這樣，小戰馬前突後衝，拼盡全力閃避著兩隻獵狗。但是不一會兒，牠的耳朵就垂了下來。

一度，小戰馬已經從明基的身下迂迴逃了出來，可是轉頭又遇上了法格。此時，獵狗們也吐著舌頭，大口喘著氣，顯然，牠們也累壞了。突然，小戰馬又豎起了耳朵，牠突然朝著對面的圍場猛衝過去，可惜獵狗們也看出了牠的意圖，硬生生擋住小戰馬的去路。之後，小戰馬和獵狗們又

進行了一場「Z」字形的追逐。

放狗人覺得這兩隻狗似乎快沒力氣了，於是又另外放了兩隻狗進去。小戰馬鼓足全勁，再一次衝向安全的圍場，牠才剛把兩隻氣喘吁吁的狗甩在後面，但是新跑進來的另外兩隻狗，已經追趕到了牠的身邊。

又是新一輪的追逐遊戲。

小戰馬的心砰砰直跳，但牠還是不斷左彎右拐的拼命跑著，在小戰馬的引誘下，兩隻獵狗完全被牽著鼻子走，甚至有一次，兩隻

獵狗竟然撞在一起，引起看臺上發出了一陣笑聲。

獵狗們都認為自己一定能抓住這隻兔子，可惜，即便牠們已經咬到小戰馬的尾巴，小戰馬還是逃脫了。精疲力竭的小戰馬跑向了看臺，那裡有上千名觀眾正在觀看，不知有多少人希望看著這隻兔子白白的送死。

比賽時間終於快結束了，但是米蓋等不及，像瘋了一樣跑進了賽場，他一把抱起小戰馬，然後瞪著獵狗們，恨不得一腳踢死牠們，大聲罵道：「你們這群無賴、懦夫，憑什麼讓這麼多隻狗一起欺負一隻可憐的小兔子！」

管理人員立刻上前把米蓋拉出賽場，一路上，他還大叫著：「什麼公平的比賽？都是騙子、小人、膽小鬼！」米蓋頻頻回頭，他看到的是場地上四隻口吐白沫的狗，正追著一隻邁不開腿的長耳兔。

「**砰！砰！**」兩聲槍響，他知道小戰馬的結局是第四種。

米蓋灰心喪氣的朝圍場走去，但就在那一瞬間，他竟然看到小戰馬一瘸一拐的走進圍場的小門。於是，米蓋立刻拿起一個木箱，把傷痕累累的小戰馬放了進去，然後帶著木箱離開了。

這一走，也使米蓋失去了他的工作，可是米蓋卻變得十分開心。他買了一張火車票，回到了兔子們的故鄉。

米蓋把裝著小戰馬的木箱子放在那片甜瓜地上，他打開木箱子的門，小戰馬的腦袋露了出來。一看見外面的自由在召喚著自己，小戰馬還有些難以置信，但最終，牠還是快速的鑽出箱子，一蹦一跳的跑遠了。

小戰馬布滿小星星的耳朵又豎立了起來。

後來，這個地方又進行了幾次圍捕兔子的行動，可是人們沒能再捉住小戰馬。現在，牠仍然自由自在的生活在那片草原上。

【完】

第四章　狼王洛波

美國新墨西哥州北部有一片幅員廣闊的牧場，那裡生長著綠油油的青草，養育了一群群肥壯的牛羊。山谷中流淌的小河像一條條銀色的絲帶，圍繞在一片片草地周圍，最終匯聚成奔流的喀倫坡河，因此這片土地便被人們叫做：「喀倫坡平原」。

多年以來，這片富饒的土地上，生活著一位赫赫有名、令人聞風喪膽的領袖——狼王洛波。

洛波是一隻家喻戶曉的野狼，人們都叫牠：「老灰狼洛波」或是「狼王」，這些年來，牠縱橫在喀倫坡平原上做了不少壞事。這裡的牧人和牛羊們，對老洛波和牠的狼群十分恐懼，每當牠們的身影出現在牧場上，大家就慌亂成一團，無計可施，只能絕望的大喊：「**洛波來了！洛波來了！**」

洛波的身材又高又壯，而且十分狡猾，一般的狼完全沒辦法和牠相比。洛

波的叫聲也很特別，牠在夜晚引頸長嗥的時候，是那麼令人心驚膽顫。如果是一隻普通野狼半夜在牧場周圍嗥叫，人們可能只會稍微有些擔心，但是只要曠野傳來洛波那深沉的嗥嘯聲，牧人們就知道，自己的牛羊恐怕又要遭殃了。

讓我不明白的是，一般擁有這樣地位的老狼王，身後總會跟隨一大群狼，組成一個龐大的狼群，但是老洛波所帶領的卻是為數很少的狼群。

老洛波的手下只有五隻狼。也許是洛波只需要這幾個最精悍的部下，又或許是牠的火爆脾氣阻礙了狼群的擴大。但即使數量少得驚人，洛波的手下卻各個出色，牠們的體格都比一般的狼還要大，身強體壯、勇猛無比，每一次戰鬥都衝在隊伍前面。可以說，牠們都是狼族中的菁英，特別是副首領，牠真是一隻可怕的野狼。不過，與洛波相比，這位副首領可就小巫見大巫了。洛波的狼群裡，還有一隻美麗的白狼，人們都叫牠「白姐」，牠全身雪白，縮起身體的時候就像一個毛茸茸的雪球。另外還有一隻黃狼，聽說牠也曾多次為狼群捕獲美味的羚羊大餐。

洛波和牠的手下不斷的襲擊牧人們的牛羊，至少有五年的光景，傳言牠們一天至少會捕殺一頭牛，而且專門找最肥嫩的牛隻下手。這樣算來，洛波一夥至今已經殺死兩千頭牛羊了。

人們通常認為，草原上的狼因為經常挨餓，所以對食物從不挑剔。可是這樣的看法，用在洛波狼群的身上，就大錯特錯了。凡是老死的、生病的、不乾淨的食物，甚至是牧人屠宰的鮮肉，牠們可是連碰都不碰一下。

洛波一夥只吃自己獵殺的一歲左右的小母牛，而且只吃最嫩的部位。牠們偶爾也獵捕小牛犢和小馬駒，可是顯然，小牛肉和小馬肉並不是牠們的最愛。牧人們都知道，牠們也不愛吃羊肉，卻時常以殺羊取樂。一八九一年十一月的一個晚上，「白姐」和黃狼咬死了兩百五十隻羊，卻連一口羊肉也沒吃，因為這只是牠們的一種遊戲。

為了滅絕狼群，人們想盡了各種辦法，可是洛波一夥卻絲毫不受影響，反而越來越健壯。牧人們甚至祭出高價懸賞洛波的腦袋，於是，有人設計了幾十種毒藥，想用毒藥殺死狼王，可惜，這些小計謀全被狼王識破了，牠總是避開那些誘餌，連碰都不碰。

狼王只怕一樣東西——槍。

牠明白，這裡的人都習慣帶著槍。因此洛波一夥從來不襲擊人，也從來不和人正面打交道。白天，只要一發現人的蹤影，不管距離多遠，牠們馬上跑得遠遠的，而且從不回頭張望一下。

洛波和牠的手下只吃自己捕抓的獵物，這個習慣幫助牠們多次避開了毒餌。而且，老狼王敏銳的鼻子能夠發現人的氣味和毒藥的味道，這也大大保障了狼群的安全。

有一次，一位牧人聽到洛波發出的戰鬥號令，便悄悄跟了上去。他看見這群狼正在山谷裡圍攻一群牛！

洛波端坐在地勢較高的土堆上，觀看著手下們的戰

鬥，「白姐」和其他隻狼則分頭行動，襲擊著一頭小母牛。這時，為了保命，牛群緊緊的擠成一圈，牛頭朝外，用尖尖的牛角對著齜牙咧嘴的敵人。

這樣的防線本來是堅不可摧的，可惜，其中的一頭牛被狼群的凶狠攻勢嚇破了膽，為了保命，便退到了牛群的中間。看準這個機會，狼群立刻衝進牛群裡面，咬傷了那頭牠們早已看中的小母牛。但小母牛雖然受了傷，還是和牛群一起頑強的抵抗著。

這時，洛波好像失去了耐心，牠從土堆上起身，低吼一聲後，便往牛群衝了過去。狼王的襲擊讓牛群亂了分寸，牠們的防線被徹底瓦解。洛波很快就衝進了牛群中間，牛群像炸開的彈片一樣往四處逃散，那頭受傷的小母牛也害怕的埋頭亂跑，可是沒跑多遠，洛波就追上了小母牛，洛波迅速咬住小母牛的脖子，猛的往後一拉，就這樣硬生生的把小母牛摔了個四腳朝天。洛波也翻了個跟斗，但牠在地上滾了一圈之後，隨即泰然自若的站了起來，這時，牠的手下們早已一擁而上，可憐的小母牛便這樣丟了性命。

剛才躲在一旁觀看的牧人，騎著馬趕了上來，狼群便像往常一樣迅速跑離了現場。牧人取出一瓶馬錢子鹼（一種毒藥），撒在小牛身體的三個部位，然後便騎馬離開了。牧人知道狼群還會回來享用牠們的美食，因為這頭小母牛是牠們自己殺死的。如此一來，牠們必定厄運難逃。

第二天，當牧人滿心期待的前來查看，他卻發現，雖然狼群確實吃了小母牛，但是所有下過毒的部位，早就被小心的撕咬下來，丟棄在一邊了。

牧人們對洛波的恐懼，一天比一天強烈，懸賞洛波腦袋的賞金也一年一年的增加，最後竟然高達了一千美元，這麼高的賞金真是前所未聞。

受到賞金的吸引，一位名叫坦那利的獵人，帶著優越的捕狼裝備來到了喀倫坡，他有最好的槍、最快的馬，還有一群凶猛的獵犬，這些獵犬可是獵捕過一批又一批的野狼呢！

一個夏日清晨，坦那利信心十足的出發狩獵，他放出獵犬後，便悠閒的騎馬前行。沒過多久，獵犬就興奮的吐著舌頭，跑來告訴主人：發現狼群了。

追蹤不到兩英里，捕獵隊伍就看見了洛波一夥。但是，喀倫坡一座座凹凸不平的峽谷，以及一條條蜿蜒的小河，成為了狼群的天然保護屏障。一看見獵人，老狼王迅速帶領手下們朝最近的一條河流跑去，過了河，牠們便拉開了與獵人之間的距離。

接著，狼群立刻分頭跑往不同方向，緊跟在後的獵犬隊伍也被分散了開來。不久，狼群便在某個地方重新會合。這樣，牠們就可以用團隊力量，把獵犬一隻隻的解決掉。這真是個厲害的策略！

當天晚上，坦那利清點負傷回來的獵犬時，發現只剩下六隻，而且其中兩隻已經奄奄一息。

後來，坦那利又接連兩次前往獵捕洛波一夥，但是都空手而回。在最後一次的追捕行動中，連坦納利的馬也摔死了。於是，他只好灰頭土臉的回家鄉去了。從此，洛波在牧區的名聲更加響亮了。

第二年，又來了兩位想獲得賞金的獵人，可是他們也同樣白忙了一場，洛波一夥依舊安然無恙，繼續在牧場作惡為禍。

一八九三年春天，一位企圖捕抓狼王的牧場主人──喬．卡隆也被洛波給戲弄了。很顯然，洛波根本不把這些敵人放在眼裡。喬．卡隆的牧場坐落在峽谷裡，但就在峽谷的岩石當中，洛波和牠的妻子也築了窩，開始養育小狼。

整整一個夏天，洛波咬死了喬．卡隆許多頭牛、羊和狗，各種獸鋏和毒藥對洛波來說，都只不過是一堆沒用的廢物。當喬．卡隆苦思著如何把洛波從岩石中煙燻出來，或是乾脆用炸藥炸死牠時，洛波仍然肆無忌憚的在牧場上為非作歹，來去自如。

「一整個夏天，牠們就住在那裡，」喬．卡隆指著不遠處的那塊岩石說：「而我卻拿牠一點辦法也沒有。在洛波面前，我簡直像個傻瓜一樣。」

第五章　機警的狼王

上面的故事是從牧人那裡聽來的，但我一直不太相信。一八九三年的秋天，我欣然接受了牧場友人的邀請，前往喀倫坡對付這群惡狼。這一次，我終於對狼王洛波有了更深的了解。

進入牧場之後，我花了一些時間查看地形，了解情況，同行的友人嚮導不時指著路邊的白色牛骨架說：「你看，這就是狼王的傑作。」

查看地形之後，我決定用毒藥和機關來對付狼王。可是這個時候，我還沒有足夠大的獸鋏機關，所以我決定先用毒藥試試。

為了對付洛波，我用了上百種辦法。我試遍了馬錢子鹼、砒霜、氰化物等毒藥，還用了各種肉來當作誘餌，可是沒有一次能夠騙過洛波，這位老狼王實在是太狡猾了。

有一次，我照著一位老獵人的方法製作誘餌。我把乳酪和小牛腰部上的肥

肉放在一起慢慢的煨煮，一直煮到它們完全融合。等肉塊冷卻下來以後，我仔細的把它切成小塊，然後再把混合有馬錢子鹼和氫化物的膠囊，塞入這些小肉塊中，最後用乳酪封住了洞口。在做誘餌的時候，為了不讓它沾上金屬的味道和人的氣味，我用的是骨頭做成的刀，手上也一直帶著浸過牛血的手套，我甚至不敢對著誘餌大口呼氣，就怕上面會沾上我的氣味。

做完誘餌之後，我把它們裝在一個塗滿牛血的牛皮袋裡面，繫上繩子，繩子的另一頭掛上新鮮的牛肝和牛腎。我騎馬拖著準備好的誘餌走了一大圈，每走幾步，就丟下一塊誘餌。當然，我都非常小心，絕不讓手碰到肉塊。

接下來，就是等待，等待洛波上鉤。

照習慣，每個星期的頭幾天，洛波肯定會來這裡繞一繞。

星期一晚上，我們果然聽到了狼王的嗥叫。

第二天清晨，我和夥伴們一早就出門查看。沒多久，我們就發現了昨晚狼群留下的痕跡，看得出來洛波走在最前頭，因為牠的爪印很容易辨認。一般狼的爪印大概是四點五英寸至四點七五英寸長，但是洛波的爪子卻有五點五英寸。牠的身體比一般的狼來得碩大，從腳跟到肩膀有三英尺高，體重有一百五十磅。

我發現，這群狼很快就看到我丟下的誘餌，洛波在第一塊誘餌周圍仔細的聞了一陣，然後便咬走了誘餌。

我高興得大叫：「牠上鉤了！牠上鉤了！再走幾步我們一定就能看見牠的屍體！」於是，大家急急忙忙的驅馬往前走。

第二塊誘餌也不見了。我簡直欣喜若狂，看來除了這隻狡猾的老狼王以外，說不定還能逮到牠的同夥呢！坐在馬背上，我伸長脖子，往四周望了一望，可是除了狼腳印，並沒看見任何一隻狼。我繼續往前走，發現第三塊誘餌也不見了。直到狼腳印把我帶到第四塊誘餌擺放的地方，我才知道狡猾的狼王根本

沒有吃掉任何一塊誘餌——牠只是把它們叼走了。

洛波把四塊誘餌丟在一起，並在上面撒了泡尿，牠顯然是看不起這些誘餌，也看不起我們。之後牠就率領手下，頭也不回的走了。有了好幾次類似的經驗之後，我終於明白，毒藥是無法對付洛波的。

就在這時候，牧場上又發生了洛波一夥襲擊羊群的事件，我終於見識到了牠們的殘忍和狡猾。

一般，一個羊群大概有一千到三千頭羊，由一位或幾位牧人看守。到了夜裡，羊群就被聚集在隱蔽、安全的地方，牧人們則各自守在一邊。綿羊的膽子很小，一旦受驚，羊群就會亂成一團，但是綿羊有一個特點，那就是牠們喜歡跟著領頭羊行動。牧人們利用這一點，在綿羊群中放入了五、六隻山羊，冷靜沉著的山羊很快就成了羊群的領袖，綿羊們總是擠在山羊周圍，不會輕易跑開。這樣牧羊人就能保護自己的羊群，不怕牠們走散了。

十一月的一個晚上，兩位牧羊人被羊群傳來的吵鬧聲給驚醒，他們發現有狼群正在襲擊自己的羊群。面對危險，綿羊們早就嚇呆了，牠們緊緊圍在山羊領袖的身邊，一步也不肯離開。而沉著的山羊毫不驚慌，牠們勇敢的站在羊群裡，毫無懼色的面對可怕的敵人。可是，這次牠們要面對的，是老狼王洛波，狼王早知道山羊對於整個羊群的重要，於是牠俐落的跳到綿羊背上，踩著柔弱的綿羊，一路來到山羊的身邊。狼王很快就解決了山羊，整個羊群也跟著驚慌失措起來，綿羊們沒頭沒腦的往四面八方逃命。

之後的幾天，這兩位牧人一遍又一遍的問著路過的人：「你有見到身上印著OTO標記的羊嗎？」

不久，我在鑽石泉邊，發現了五、六具印著這種標記的綿羊屍體。在瑪爾拜高地上，也看見幾隻有這種標記的羊在奔跑。我還聽說，有人在塞德拉山上見到了二十頭被咬死的羊，牠們的身上也有這種標記。

大型的捕獸鋏總算是運到了。我立刻組裝好獸鋏，並運用了我能想到的所有捕狼的方法，做了很多獸鋏陷阱。

第二天，我騎著馬出去巡視，不一會兒，就看見了洛波的腳印。從這些腳印中，我可以推斷出，洛波昨晚的所作所為。牠從黑暗中跑來，一下子就發現了埋在土中的陷阱，於是立即讓狼群隊伍停了下來。接著，洛波小心翼翼的刨開陷阱周圍的泥土，直到獸鋏、鏈條、木樁都裸露了出來。沿路下來，牠總共扒出了十幾個捕獸鋏。

牠的這種行為，讓我有了另一個對策。我把獸鋏擺成了「H」形，在小路兩邊各埋一台，然後在路中間也橫擺一台。

可是，洛波再次看穿了我的新把戲。牠從小路一頭走來，正好走進了「H」形中平行擺放的兩台獸鋏中間，可是就在牠要踏上橫放的第三台獸鋏的時候，這隻狡猾的老狼王卻停下了腳步，不知道為什麼，牠好像明白前面有危險，於是輕手輕腳的退了回來，安全的走出了陷阱。然後，牠又從小路外側繞到陷阱周圍，用後腿刨出了一些土塊和石塊，「**喀嗒**」一聲，捕獸鋏咬在了一起，可是什麼也沒有抓到。

後來，我又想了其他方法，可是這位草原之王，每次都能安全逃過我的陷阱。如果不是一次同伴的粗心，也許，洛波現在依然闖蕩在草原上，過著自由自在的生活。英雄，若是獨來獨往，很有可能長命百歲。可是，遇上一個輕率的同伴，就極有可能送上性命啊。

第六章 狼王與白姐

我對著洛波狼群的腳印看了半天，突然發現了一件奇怪的事情：有一隻個頭較小的狼走在首領洛波的前面。這在之前幾次的捕獵中也發生過，實在太不尋常了。要知道，身為狼群之首的狼王，哪能讓別人走到自己的前頭呢！

這個令人百思不解的現象，讓我想了好一陣子，直到一位牛仔把他所看到的事情告訴我，才讓我恍然大悟。

「我今天看見那群狼了，」他說：「而且走在最前面的是『白姐』。」

這下子，我終於明白，原來是這隻母狼走在洛波的前面啊！洛波一定非常喜歡「白姐」，才給了牠這樣的特權，要是一般的公狼做出這樣的事情，洛波是絕對不會放過牠的。

這個發現讓我又有了一個新的捕狼計畫。

我宰了一頭小母牛，在小母牛的旁邊，放了兩個顯眼的捕獸鋏，然後割下

牛的頭，因為這是狼不屑一顧的東西。我把牛頭扔在離牛的身體不遠的地方，並在它的周圍布置了六台捕獸鋏。在做這些安排的時候，我照樣先用牛血蓋掉了自己身上的氣味。我甚至在地上也撒了一些牛血，還用一隻草原狼的爪子，在獸鋏上印下爪印，這一切都是為了使整個場景的布置，看起來更為逼真。在牛的身體和牛頭之間小小的空間裡，我又仔細的埋了兩台最好的捕獸鋏，並且用繩子把它們和牛頭綁在一起。

我知道狼嗅到動物屍體的氣味，有天生的好奇心，總會湊上前瞧一瞧，而我精心設置的圈套，就是想用那個不起眼的牛頭，來抓住洛波一夥。

第二天清早，我迫不及待的前去查看。哦！太好了，我發現到狼的腳印，還看到原本擺置牛頭和獸鋏的地方亂成一團。查看腳印之後，我明白了事情的經過：洛波一看到小母牛屍體，馬上下令狼群停止前進，可是卻有一隻不聽指令的狼，觸動了牛頭旁邊的機關。

順著狼的足跡，我和同行的獵人在不到一英里的地方，就發現了氣喘吁吁

並且拖著牛頭和獸鋏的「白姐」。雖然拖著沉重的牛頭，但一見我們追上來，牠還是迅速的逃跑了。不過，當走進岩石區後，牛角不時被突起的岩石勾住，牠開始顯得寸步難行。眼看我們越來越接近，「白姐」轉身做了最後的反抗，發出了一聲絕望的嗥叫。遠處的高地上，也傳來一聲粗獷的嗥叫，那是洛波對「白姐」的回應。

當時的場面，我到現在回想起來，仍然記憶猶新。我和同伴兩人圍住「白姐」，分別扔出繩套，繩套準確的勒住了這匹渾身雪白的母狼的脖子，我們向後猛力一拉，「白姐」的嘴裡馬上流出了鮮血，隨後，牠的身體也變得僵硬，搖晃了幾下之後，便氣絕倒下了。

我們得意洋洋的馱著斷氣的「白姐」回到牧場，這是我們第一次的勝利。

在獵殺「白姐」的時候，以及在回程的路上，我們不斷聽到洛波的叫聲，牠似乎一直在尋找自己的愛妻。可是當牠追上我們的時候，我們手裡的獵槍還是嚇阻了牠的進一步行動。

終於，牠似乎找到了「白姐」喪命的地方，牠一遍又一遍淒涼的嗥叫著，讓人聽了不禁覺得鼻酸。在這哀嗥聲中，我聽到了失去親人的悲傷，連鐵石心腸的獵人，也被這悲痛的叫聲打動的說：「從沒聽過一隻狼這樣嗥叫過。」

順著馬蹄印，洛波獨自來到了牧場，我知道牠跟來的原因。牠顯然是一路狂奔而來，這對於一向沉著冷靜的狼王來說，是極不尋常的。牠在門口就把我們那隻可憐的看門狗撕了個粉碎，想當然是為了替牠的愛妻報仇。

我覺得，抓住狼王洛波的機會來了。

不久前，我已經在牧場周圍埋設了一些獸鋏，洛波這次冒然的行動，就踩到了其中一台，可是，力大無窮的洛波，硬是從夾住自己的獸鋏中掙脫了出來。

我相信，在找到「白姐」的屍體之前，洛波一定不會離開這個地方。這可是抓住牠的大好機會。於是，我集中設置了一百三十個最有力的鋼製獸鋏，每四台一組，埋在通往峽谷的路上，而且我把每一台獸鋏都分別拴在一根木樁上，再把這些木樁牢牢的釘入泥土中。在設置陷阱的過程中，我小心翼翼的處理了每一塊草皮、每一粒泥土，使陷阱周圍看不出一絲動過的痕跡。埋好了獸鋏之後，我還不忘帶著「白姐」的屍體經過每一處陷阱，繞整個牧場走了一圈。最後，我還割下牠的一隻爪子，在每一台捕獸器上留下一行腳印。

接下來要做的，就只有等待了。

夜裡，我似乎聽到了洛波的叫聲，但並不確定。

第二天，我繞著峽谷的北邊走了一圈，可是什麼也沒發現。晚上，在吃飯時我聽到一個牛仔說：「早上，峽谷北面的牛群騷動了一陣子，也許是那裡的獸鋏抓到了什麼。」

於是隔天，我就立即騎馬前往牛仔說的那個地方去了。遠遠的，我就看見捕獸鋏逮住了一隻灰色的大傢伙。走近一看，竟然是狼王洛波，牠仍掙扎著想要逃跑，但顯然已經被獸鋏牢牢的咬住。狡猾的老洛波，為了尋找自己的愛妻，就這樣粗心的落入了我的陷阱。

現在，牠被四台獸鋏牢牢的咬住，已經不能再站起身來。牠周圍的地面上，有著密密麻麻的牛腳印。牛群一定是來看狼王，牠們在狼王周圍走來走去，雖然沒能咬牠一口，但是應該都感到十分痛快。

「**哈哈！壞傢伙，現在你可死到臨頭了。**」

兩天兩夜的掙扎，已經用盡了狼王的力氣與霸氣。可是一看見我走近，洛波還是掙扎著站了起來，牠豎起全身鬃毛，發出了一聲粗狂低沉的嗥叫，像是在召喚牠的手下，可惜附近沒有任何回應的聲音。儘管四肢都被鋼鋏咬住，洛波仍掙扎著向我撲來，牠拼命掙扎著，力氣大得驚人，但沉重的木樁和鋼鋏最終還是困住了牠。牠用象牙色的牙齒啃咬著鐵鍊，當我試圖用槍管去碰碰牠時，力大無窮的洛波竟然硬生生的在槍管上烙上了自己的齒痕，直到現在，這些痕跡還沒有被磨平呢！

洛波用氣得發紅的眼睛瞪著我和我的馬，牠一再撲向我們，張開大嘴「**喀嚓**」、「**喀嚓**」的咬著，想要把我們撕個粉碎。但饑餓、流血和疲憊已經讓狼王沒剩下多少力氣，不久，牠就癱倒在地上了。

雖然我知道洛波在草原上做過不少壞事，但當真正要處置這個草原狼王的時候，我卻有些猶豫了。

「作惡多端的狼王啊！你在草原上當了那麼久的霸主，咬死了那麼多的牛羊，可是現在，用不了幾分鐘，你的命就沒了。這是你應得的下場啊。」

我扔出繩套，但繩套還沒有碰到洛波的脖子，就被牠一口叼住，硬生生被咬斷了。我當然也帶了槍，可我不願意用子彈打壞狼王的毛皮。

於是，我轉身回到牧場，帶著一名同伴和另一條牢固的新繩套又回來了。我們先向洛波扔出一根木棍，在牠一口咬住時，趁著這個空檔，我們終於用繩套套住了牠的脖子。這一次，我並不想殺死狼王，我急忙大聲說道：「等一等，先別弄死牠，我們要活捉狼王洛波。」

洛波已經沒有力氣。我們很順利的把一根木棍塞進牠的嘴裡，並用繩子把狼嘴緊緊的捆住。當嘴巴被綁之後，洛波便不再發出聲音，也不再掙扎，牠只是盯著我們看，好像在說：「隨你們怎麼處置，要殺要剮，悉聽尊便！」然後，洛波便轉過頭，再也不看我們一眼。

接下來，我們牢牢的捆綁了洛波的四條腿，把牠抬上馬背。洛波一聲不吭，安靜的就像睡著了一樣。

牠的眼睛中透出幽深的光芒，好像知道自己再也回不來了。牠一直望著遠方那一片綿延起伏的草原，那裡曾經是牠自由奔跑的王國，那裡還有牠的夥伴，也有牠最熟悉的峽谷和小河。洛波就這樣一直看著遠方，直到馱著牠的馬走進峽谷，一片山岩擋住了牠的視線。

一路慢悠悠的回到牧場之後，我們給洛波套上了項圈，用最粗的鐵鍊子拴在木樁上，這才解開綁住牠的繩子。這下子，我終於可以細細的觀察這位傳奇的草原之王了。

牠，並沒有傳說中的特別，這位狼王身上沒有帶著國王的金項圈、沒有惡魔的標記、也沒有標示著與撒旦結盟的反十字，牠只是一匹普通的老灰狼，一隻失去了愛人、被同伴拋棄的可憐的老灰狼。我在牠的腿上甚至發現了一塊大傷疤，據說，這是一隻凶猛的獵犬，在生命的最後關頭，狠狠咬住狼王所留下的永久印記。

我把水和肉放在洛波的面前，可是牠看都不看一眼。牠一動也不動的趴在那裡，那對黃色的眼睛遙望著遠方的草原——洛波的草原。我小心翼翼的用手碰了碰牠，牠卻動也不動。

日落的時候，牠依舊神情漠然的望著遠方，沒有發出任何一絲聲音。到了晚上，我本以為牠會用叫聲召喚自己的手下，但牠卻只發出一聲低沉絕望的嚎叫，就再也不出聲了。

沒有一隻狼回到牠的身邊。

據說，獅子如果失去了力量，老鷹失去了自由，鴿子失去了伴侶，都會傷心的死去。狼王洛波──這位草原霸主──現在沒有了愛人、沒有了夥伴、也沒有了自由。牠會落得什麼下場呢？

答案，只有我知道。

第二天清晨，洛波依然平躺在地上，身體毫髮無傷，可是牠的靈魂已經不在了──老狼王死了。

我把洛波脖子上的項圈取了下來，一位牛仔幫我把牠的屍體放在「白姐」的屍體旁邊。現在，牠們又能親密的靠在一起了，牛仔大聲說道：「你不是要找牠嗎？現在你們終於又相聚了。」

【完】

第七章　愛犬賓果

十一月初，冬天已經悄悄降臨。

吃完早餐後，我躺在躺椅上休息，什麼事也不想做。正透過窗戶玻璃向外望了望。突然，我看見一隻灰白色、體型碩大的動物闖進了牛棚，後面緊跟著另一隻小一點、黑白花色的動物。

「狼！」我驚叫了一聲，抓起獵槍衝了出去，看到牧羊犬在追著狼跑，可是還沒等我趕到，牠們早已奔出牛棚，跑到雪地上了。牧羊犬追著狼跑來跑去，狼沒有辦法擺脫牠，一轉身，又折了回來。

為了把狼趕到草原上去，我開了兩槍，但是都沒有打中牠。勇敢的牧羊犬追逐了幾回之後，張口咬住了狼的腰側，但馬上又鬆口退了回來，不讓狼有機會反咬牠一口。追逐、逃跑和撕咬，一次又一次重複出現，狗兒誓死奪取狼的性命，狼則千方百計朝著林地逃竄。牠們又追又逃，跑了很長一段路。

終於，我喘著大氣趕上了牠們，牧羊犬一看有了幫手，似乎準備發動最後的進攻了。牠和狼撕咬在一起，才幾秒鐘的時間，勇敢的牧羊犬就用牙齒緊緊咬住了狼的喉嚨，渾身帶血的趴在狼的身上。我走上前，用子彈結束狼的性命，也結束了這場纏鬥。

氣喘吁吁的牧羊犬，看見狼已經一命嗚呼，就轉身奔回四英里外的牧場，一刻也沒有停留，因為剛剛狼一出現，牠就從主人身邊跑開，現在牠得回去了。這隻名叫「弗蘭克」的牧羊犬很了不起，即使沒有我，剛剛一定也能解決這隻狼，因為牠已經有很多次把狼制伏的經驗了。

我太喜歡這隻勇敢的牧羊犬了，所以想出高價買下牠。但是牠的主人不願意讓出弗蘭克，倒是給我想了個主意：「你為什麼不買一隻牠的孩子呢？」

既然無法買下弗蘭克，我只好買了牠的幼犬，一隻看上去像長著黑毛的肉球，圓圓胖胖的，不像狗兒、倒像長了尾巴的小熊。牠很機靈，總是在我周圍轉來轉去。牠身上有著和爸爸一樣的黑白花毛色，鼻子附近也有一圈白毛，我想牠將來一定也會像自己的爸爸一樣出色。

我想起那首名叫《弗蘭克林的狗兒》的歌謠，便將小狗取名為「賓果」，因為歌詞裡唱到：

弗蘭克林的狗兒跳過籬笆頭
我們叫牠小小賓果
賓——果
我們叫牠小小賓果

在我們的小木屋裡，賓果度過了寒冷的冬季。這個胖乎乎的小傢伙想吃就吃、想睡就睡，雖然心地善良，可是偶爾也會調皮搗蛋。

賓果慢慢長大了，牠看上去傻乎乎的，總是記不住不該做的事情，老是用柔軟的鼻子去碰捕鼠器，甚至想和貓做朋友，每次碰壁了，就躲到馬棚裡去呼呼大睡。然後一覺醒來，牠又忘記了鼻子上的傷，也忘記了貓的冷漠，還是那個天真、可愛又有點笨的小賓果。

春天到的時候，我開始對賓果進行訓練。經過一番努力，牠學會了聽從我的指令，去把在草原上吃草的母牛趕回來。

學會這件事情之後，賓果做得十分盡職，趕牛似乎成了牠最喜歡做的事。聽到口令之後，牠就會拔腿往外衝，不一會兒，牠便趕著牛回來了，母牛在前面飛快的跑著，賓果則在後面歡快的追著，然後把牠趕到牛棚裡面去。

對於一天兩次的趕牛工作，賓果十分狂熱，慢慢的，即使沒有指令，這個精力充沛的小牛仔，也常常擅作主張，每天跑去把牛趕回棚十幾次。

還不只這樣呢！到後來，這項工作變成了賓果最喜歡的遊戲，不管什麼時候，只要牠想活動一下，或是有片刻空閒，甚至只要想到這個遊戲，賓果就會飛奔出去，幾分鐘後，那頭母牛便被牠趕回了牛棚。

剛開始，我們並不在意。可是，不久後我們發現，賓果的狂熱舉動使得乳牛胃口不佳，產乳量也減少了。母牛總是擔憂的觀望賓果的動向，而且每天早上，只敢在牛棚附近活動，似乎害怕走遠了，又會被賓果追趕回來。

這真是太糟糕了，我們用盡辦法，想讓賓果戒掉這個壞習慣，可惜都失敗了。最後，我們只好強迫賓果澈底放棄這項工作。後來，賓果確實不敢再隨便趕牛回棚，可是當人們為母牛擠奶時，牠還是喜歡趴在牛棚邊觀看。

夏天的時候，蚊子成災，擠奶的時候，母牛不停甩動尾巴驅趕蚊蟲，這真讓人心煩。擠奶工弗雷德個性急躁，卻有一些小聰明，他在牛尾巴上綁了一塊磚頭，這樣就能讓牛尾巴安靜下來，然後弗雷德才開始安心的擠奶。對於弗雷德的這個奇怪作法，我們感到半信半疑，

於是就等著看會有什麼結果。

不久，傳來一記沉悶的重擊聲，伴隨著一聲人的慘叫，弗雷德猛力站起身，抓起凳子向牛砸去。原來，牛尾巴上的磚頭竟然砸中了他的耳朵。面對大夥的嘲笑，弗雷德惱羞的漲紅了臉。

聽到喧鬧聲，賓果飛速趕了來，牠以為現在該換自己大展身手，就從母牛的另一側發動了攻擊。賓果的莽撞舉動嚇壞了乳牛，這下子，不只牛奶灑了出來，連凳子和桶子都被牛踏成了碎片。

最後，乳牛和賓果都被狠狠教訓了一頓。可憐的賓果怎樣也想不到，自己的「仗義」出手竟然換來了一頓打，惱怒之下，牠乾脆再也不來牛棚了。後來，牠把全部的心思都轉移到照顧馬匹上。

牛是我的，而馬是我兄弟的，所以這麼一來，賓果就和我疏遠了。但是當我需要牠的時候，牠總能及時趕來幫我，我也總幫著牠，我們之間既是主僕的關係，又像是一對好朋友。

後來，賓果唯一身任牧牛犬的工作，是在一次卡伯里騾馬大會上。大會將通過比賽，頒獎給優秀的牧羊犬。我在朋友的慫恿下，也給賓果報了名。

比賽當天，母牛提前被人們趕到了村外的草原上。他們向牧牛犬下達了指令——「**去找牛**」，然後就在主席臺上等著狗把牛趕到自己面前。

聽到口令之後，賓果立刻像箭一樣衝了出去，而看到牠飛奔過來，習慣成自然的母牛也不自覺的往前奔跑，但是牠們的目標並不是主席臺，而是兩英里之外的家——我們的農場。

賓果和母牛就這麼一起在草原上飛奔，漸漸消失在人們的視線之外，惹得觀眾們哄堂大笑。裁判從沒見過這樣的場景，結果想也知道，當然是由另一名參賽犬獲得獎勵了。

第八章 賓果尋找狼蹤

賓果對馬也是忠心耿耿。白天，牠跟著馬四處跑，晚上，牠就睡在馬廄的外面。馬車到哪裡，賓果就跟到哪裡，幾乎寸步不離。

我不是個迷信的人，幾乎不相信什麼預兆，但是有一件怪事卻讓我印象深刻。在這次事件中，賓果是主角。那時，我和兄弟兩人一起住在德溫頓農場。一天早上，我的兄弟趕著馬車去買乾草，這一趟路得花上一整天的時間，所以清晨他就出發了。

可是，這一次賓果卻沒有跟上去，我的兄弟喊了牠一聲，牠卻連動都不肯動。馬車出發時，賓果突然仰頭發出了一聲淒涼的嗥叫。

那一整天，賓果就待在馬廄外，這是牠唯一一次主動與馬分開。每隔一段時間，賓果就會哭喪似的嗥叫幾聲，讓我心裡有種不祥的預感。時間一分一秒的流逝，我的心情越來越沉重，感覺好像要發生不好的事情了。

到了六點左右，賓果的叫聲已經讓我忍無可忍，我隨手抓起東西就向賓果丟了過去。我整個人因為賓果的叫聲變得煩躁不安，我心裡一個勁的自責，怪自己不該讓兄弟獨自出門，要是他一個人在路上發生意外，那可怎麼辦啊！

天色微暗的時候，我的兄弟總算回來了，他看上去沒有受什麼傷。接過他的韁繩，我心中的恐懼終於消散了。我問他：「路上還順利嗎？」

「沒什麼事。」他簡短的回答我。

很久以後，當我把這件奇怪的事情告訴一位占卜師時，他問我：「賓果總是在危難發生的時候跑來找你嗎？」

「是的。」我回答。

「那麼，那次有危險的人應該是你。雖然你並沒有發生什麼事情，但也許危險就在你身邊，而

賓果是在保護你。」

早春時節，我繼續教導著賓果。自己也在和賓果相處中學到了很多東西。在我們的小屋和另一個村子之間，有一片草地。草地中間的小土堆上，立著一根木樁。這根木樁是兩個農場的分界線，大老遠就能看見。

我很快注意到，賓果每次經過這根木樁時，總要繞著它仔細查看一番。後來，我又發現，不僅是賓果，連其他的狗和郊狼也經常到此一遊。經過幾次仔細的觀察，我明白了其中的原因，也更深入了解了賓果的生活。

這根柱子是犬類認定的信號站。牠們的嗅覺靈敏，憑著氣味和木樁上的爪印，就能判斷出誰曾光顧過這裡。在下雪的日子，痕跡更是明顯。

後來我終於明白，這片草地上有很多個信號站，這根柱子只是其中之一。簡單來說，在整個區域內，每隔一段距離，就有一個信號站。任何剛好出現的柱子、石頭、野牛的頭骨等，都可能成為一個信號站的標誌。

這些信號站是一個發布、提取訊息的綜合資訊站。誰來過這裡，附近活動著一些什麼種類的動物，每一隻狗或狼，都能從信號站中獲得資訊。

我見過賓果走近柱子，牠先是仔細查看了一番，然後就鬃毛直豎，目露凶光，狂叫了起來，還用後腿狠狠的刨地，最後才身體僵硬的走開。牠這樣的舉動，翻譯成能理解的語言就是：

「汪汪！麥卡錫家那隻惡犬敢來這裡，晚上我非得去好好教訓牠一下不可，汪汪！」

還有另一次，賓果對柱子上留下的狼爪印產生興趣，研究了好一陣子，腦子裡似乎在想：

「嗯，一隻郊狼從北方來，身上有著死去的母牛味道，真的嗎？波爾沃思家的老牛肯定是死了，我得去調查一下。」

平時，賓果常在柱子附近閒逛，牠在柱子上留下自己的味道和痕跡，這樣的行為想必能引起其他動物的注意。有一次，牠的兄弟布蘭登就靠著柱子上的味道找到了賓果，牠們還一起在山上享受了一頓死去的馬肉大餐呢！

有時候，賓果會因為木樁上的資訊變得興奮難耐，於是就去另一個信號站尋找更多的資訊。有時候，牠也會在考察時，露出疑惑的表情，彷彿是在努力思考對方到底是誰。

一天清早，賓果在查看木樁時，表現得十分害怕，牠全身寒毛直豎，尾巴下垂，渾身打著哆嗦。牠不再東轉西轉，而是馬上跑了回家。半小時後，牠還沒能完全放鬆下來，身上鬃毛依舊豎立，一臉又恨又怕的表情。

於是，我仔細查看了木樁上留下的痕跡，發現賓果發出的「**汪——嗚呼**」的叫聲，原來是表示「狼」的意思。

以上這些，只是我在賓果身上學到的很多知識中的一部分。從此之後，每當我看見牠從馬廄邊的狗窩鑽出來，伸伸懶腰，打打呵欠，再一路小跑的消失在夜幕中的時候，我心裡就在想：

「呵！賓果，這下我可把你的行蹤摸得一清二楚了。我知道為什麼你夜裡要在這一帶閒逛，我還知道，你是如何找到那些你想要的訊息呢！」

隔年秋天，我們關閉了農場的小木屋。賓果把自己的窩搬到了鄰居戈登．賴特的馬廄裡。在夜裡，賓果總是待在馬廄外面。

從小，賓果就喜歡待在外面，不願意跟人住在屋子裡，只有雷雨天除外。賓果十分害怕獵槍和打雷的聲音，當然，牠是因為害怕槍聲，才對打雷也心存畏懼，這是之前一次令人不快的開槍經歷所造成的。

因此，賓果習慣夜晚的自由自在，習慣在草原上遊蕩。住在遠處的幾個農民曾警告過戈登：如果夜裡再不看好自己的狗，他們就要開槍驅趕了。賓果確實害怕槍，所以那些恐嚇並非隨便說說。有一位住在佩特羅的人說，他曾在冬天的一個黃昏時分，看見一隻黑狼咬死了一隻郊狼，但不久，這個人就改口：「也許那根本就是賴特家的黑狗。」因為，每當有動物曝屍野外時，賓果就會把圍攏的郊狼趕走，然後自己享用一份大餐。

有時候夜裡，賓果也會去找附近的狗打架，引來被狗群追打的危險。

不過，像賓果這樣的狗不用擔心會沒有後代。有人說，曾經見過一隻母狼

帶著三隻壯碩的小狼，這些小狼的毛色很黑，而且鼻子周圍也有一圈白毛。

我不知道這件事是真是假，但是三月下旬，有一次外出，我們就遇見了一隻狼。當這隻狼跑開時，賓果立刻追了上去，卻沒有跟狼發生任何廝打，反而溫柔的用舌頭舔著狼的鼻子。

這讓我們大吃了一驚，馬上出聲吆喝，希望賓果能夠把狼制伏。狼一聽到吆喝聲轉身逃走，賓果立刻又追了過去，牠對這隻狼顯然是有感情的。

我們終於明白了。「這是一匹母狼，而且賓果並不想傷害牠。」

於是，我們只得把依依不捨的賓果叫了回來，繼續上路。

此後，這隻母狼經常來到農場，賓果似乎對牠情有獨鍾。

可惜，這隻狼最終被人用槍打死了。賓果看上去十分悲傷，牠甚至向奧利佛撲了過去，因為那是奧利佛開的槍。

第九章　賓果與牠的主人

人和狗在發生困難時互相依賴，真是一件奇妙而溫馨的事情。「愛自己，就愛自己的狗。」這條古訓是對人狗情誼最好的詮釋了。

我們的一位鄰居有一隻非常優秀的狗，名叫「棕棕」，他認為棕棕是世界上最珍貴的一隻狗。我喜歡這位鄰居，因此也很喜歡棕棕。有一天，棕棕渾身是血的爬回家，最後死在了家門口，我和這位鄰居便決定要為棕棕報仇。我們追蹤每一條線索，搜索每一條證據，不久，就查到是三個住在村子南邊的其中一人下的毒手。線索漸漸多了起來，我們為棕棕報仇的日子不遠了。

但是後來的一件事，讓我相信，把棕棕害死的凶手，並不是那幫人。

戈登．賴特的農場就位於我們農場的南邊。一天，小戈登知道我們正在查找凶手，便悄悄的把我拉到一邊，他用悲傷的口氣告訴我：「那件事是賓果做的。」

我感到非常意外，一下子難以接受這個事實，我猶豫著該不該告訴棕棕的主人。雖然我已經把賓果送給別人，總還是覺得自己是牠的主人，所以我想要保護賓果。而這種人與狗之間的情感，很快又在另一件事情上得到見證。

老戈登和奧利佛一直是老鄰居和老朋友，他們訂立了一個共同伐木的契約，合作得非常愉快。不久，奧利佛的一匹老馬死了，他決定廢物利用一下。於是，奧利佛在死馬身上下了毒藥，然後把它丟在荒野上，想毒死一些狼。

唉！這毒藥簡直是為賓果下的，因為賓果一直過著如狼一般的生活。

那天晚上，賓果和戈登家的另一隻狗「科利」一

起來到了死馬旁。賓果像個主人一般，驅逐著聞香而來的狼群，科利則毫無顧忌的大吃起來。雪地上的腳印讓我們知道了，當時牠們是如何享受這頓大餐，又是如何毒發並且踉踉蹌蹌回到家裡的過程。回到家之後，科利就渾身抽搐的死在了老戈登腳邊。

愛自己，就愛自己的狗。事情發展至此，任何道歉和解釋都為時已晚，就算這是一場意外，也沒有什麼好說的了。賓果和奧利佛之間的宿怨，在這件事情上做出了了結，但兩家之間的友好關係也就此破裂，共同伐木的契約從此變成了一張廢紙。

賓果在中毒幾個月之後才逐漸恢復過來，原本我們都認為，這下子牠的身體一定是不行了。沒想到，隨著春天的到來，賓果奇跡似的恢復了健康，牠像草原上的野草一般，一天比一天健壯。這倒讓鄰居們又有些忐忑不安了。

我因為一些事情，離開了農場一段時間，等我再回來，已經是兩年後了。兩年不見，我本以為賓果肯定把我忘得一乾二淨了。可是事實證明，這位忠誠的朋友，仍然記得我們之間的友誼。

剛入冬的時候，賓果失蹤了，兩天之後，牠傷痕累累的爬回了戈登家。牠的腿上卡著一個捕獸鋏，獸鋏的另一頭還拖著一根沉重的木樁，看來賓果是踩上了獵人的陷阱。我們發現，由於天氣嚴寒加上長途跋涉，賓果的四肢已經十分僵硬。但是賓果凶猛的模樣，讓大家都不敢貿然上前幫牠拆掉腳上的獸鋏。沒辦法，我只好壯著膽子上前，雖說我是牠以前的主人，但畢竟已有兩年不見，連我自己也沒有十足的把握。

當我一手抓住賓果的傷腿，一手拉住獸鋏的時候，賓果警覺的咬住了我的手腕。我一動也不動，對牠說：「賓果，你不認識我了嗎？」

聽到我的聲音，賓果明顯放鬆了下來，牠放開我的手腕，一點也沒有傷到我。當我試圖掰開獸鋏的時候，賓果發出一陣陣的哀叫，但牠一直沒有掙扎。

雖然很久沒有相見，但我仍然認為，賓果就是我的愛犬。

受傷的賓果被抬進溫暖的屋子，原本凍僵的腳也慢慢暖和起來。在之後的日子裡，賓果瘸了，並失去了兩根腳趾。不過，牠的身體卻漸漸恢復如初，不仔細觀察的話，一點也看不出牠曾經受過那麼重的傷。

那年冬天，我在草原裡四處擺放獸鋏，獵到了很多狼和狐狸。

甘洒迪草原一直是設置獸鋏的好地方，這一帶沒什麼人，又正好處於樹林和村子之間。我在這裡捕獲了許多獵物，因此一直在這兒逗留到了四月底。

捕獸鋏是用堅硬的鋼材做成的，上面有兩根彈簧，每一根彈簧的彈力都高達一百磅。我把這些獸鋏四個一組擺放在誘餌周圍，在旁邊還插上了沉重的木樁，把獸鋏牢牢的固定住。最後，還在上面蓋上棉花和細沙，把整個陷阱隱藏起來。

這一天，我又騎著馬四處巡視時，看到一匹郊狼被我的獸鋏逮個正著，於是，我拿起棍子結束牠的性命，然後把牠扔到一邊。接下來，我得重新布置陷阱。我熟練的設置獸鋏，很快的完成之後，我看到旁邊的細沙，就想抓一把放在獸鋏上面來掩飾。

我這個愚蠢的舉動真是一個天大的疏忽。那些細沙下面竟然還有另一個獸鋏。於是，獸鋏立刻夾住了我的左手。幸好獸鋏上並沒有鋼齒，我的手上又戴著厚厚的捕獸手套，所以我並沒有受傷。可是，獸鋏還是緊緊夾住了我的手指。

我並不驚慌，馬上就想到用右腳去踢獸鋏的扳手。我把臉朝下，拼命伸長右腳，盡可能讓自己的身體拉直。我沒辦法一邊看著扳手，一邊用腳去搆它，因此只能用右腳胡亂摸索了一陣子。

我的注意力全放在右腳上，完全忘了我的左腳。這時，只聽見「**噹啷**」一聲，我的左腳又被另一個獸鋏給咬住了。這一下，我是徹底無法動彈了。

我的下場會如何？當然還不至於被凍僵，因為天氣已經暖和起來，但除了伐木工以外，幾乎沒有人會來到這個地方。沒有人知道我在這裡，而我自己又毫無辦法，那麼我最後不是餓死，就是成為狼的食物了。

我陷入了絕望。躺在地上，我看著一輪火紅的太陽漸漸從樹梢落下，不遠處有一個地鼠

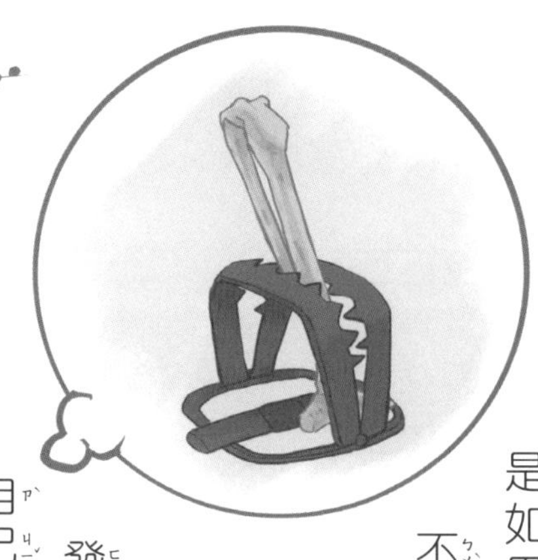

洞，一隻百靈鳥站在上面婉轉的鳴叫著，和昨晚在我們木屋前鳴叫的那隻一樣。儘管麻木的感覺慢慢爬上了手臂，我的全身也非常寒冷，但我還是注意到百靈鳥有著長長的冠毛。

我想起了戈登小屋裡舒適的飯桌，現在他們應該正開始在煎豬肉，或是已經團團圍坐在飯桌邊了吧！

我的小馬駒還是像我離開牠時那樣站著，牠耐心的等待著要馱我回家。但是如果牠獨自回到農場，反倒可以讓人們發現我怎麼不見了，可是不知道為什麼，馬卻遲遲不走。當我無助的喊叫時，牠不再埋頭吃草，而是用水汪汪的大眼睛疑惑的望著我。時間一分一秒的過去，我又冷又餓，等待著死神的降臨。

我想起老獵人吉魯失蹤的事情，直到第二年春天，人們才發現他的遺骨：他的一條腿被夾在了捕熊的獸鋏裡。我不知道自己身上有哪樣東西能夠證明我的身分。突然，我的腦海閃過這樣的念頭：原來這就是狼被困住時的感受啊！天哪！我真是自作自受。

天色漸漸暗了下來，我聽到一隻郊狼嗥叫的聲音，我的馬豎起耳朵，牠向我走近了些，顯得有些害怕。

沒多久，又有一隻郊狼嗥叫起來，然後又有另一個嗥叫的聲音傳來。我發現，牠們正慢慢朝我聚攏過來。我一動也不動的趴在地上，聽著周圍的狼嗥聲，感覺自己渾身發抖。不久，若隱若現的身影在我身邊慢慢圍聚了起來，小馬駒也發現了這些郊狼，牠呼了個響鼻，郊狼往後退了退。但過了一會兒，這些郊狼又圍了上來，有一隻膽大的狼，甚至試圖拖走剛剛被我打死的那隻狼，我大喝一聲，把牠嚇得退了回去。可是這下子，連我可憐的小馬駒也嚇壞了，牠不願意再留下來，便啪嗒啪嗒的跑遠了。不一會兒，那些郊狼又折了回來。

死去的狼還是被拖走了，狼群一擁而上將牠吃個精光。

不久，這些狼發現到我只能趴在地上，也沒辦法傷害牠們，於是大膽的向我逼近，甚至嗅了嗅獵槍，還抓了抓上面的灰塵。看來，是沒人能救我了。

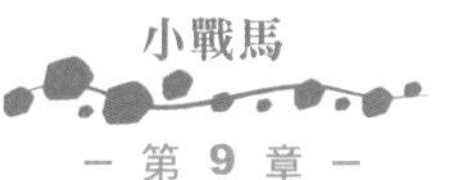

就在這個危急的關頭，從黑暗中竄出了一隻碩大的黑狼，狼群嚇得向四面八方奔逃，那隻最大膽的郊狼才幾下就被黑狼給擺平了。天哪！真嚇人，而且這龐然大物竟然向我衝來。

是賓果！太好了！

賓果興奮的蹭著我的身體，溫熱的舌頭則舔著我凍僵的臉。

「賓果，老夥伴，快幫我把扳手拿來。」

聽了我的指令，牠一下子就跑開了。然後，牠拖著槍回到了我身邊。

「不對，賓果，是扳手。」

這一次，牠叼來了我的腰帶。

不過，最終賓果還是叼來了我的扳手。我用沒被夾住的那隻手轉開螺帽、鬆開鋼鋏，我的手終於自由了。又用了一分鐘，我便解開了我左腳上的束縛。

賓果把我的馬趕了回來。我先慢慢的走了一段路，活動一下已經麻木的手腳，然後我騎上了小馬駒，賓果汪汪叫著，跑在我的前面。

回家之後，我才知道，雖然沒有人帶賓果去找我，但天黑之前，這隻勇敢的牧羊犬一直行為古怪，牠「嗚——嗚——」的叫著，擔憂的望著通往林地的路。天黑之後，牠就等不下去了，一頭衝進夜幕中，不知道牠是怎麼找到我的？可是牠卻奇跡般的救了我。

忠實的賓果，牠一直是一隻奇特的狗，儘管牠的心裡有我，可是第二天，當牠跑過我身邊的時候，卻連看都沒看我一眼。

故事該接近尾聲了。

直到最後，賓果一直過著像狼一般自由自在的生活。牠照樣在冬天出去尋找被凍死的馬，結果不幸，再次遇到一匹被下過毒的死馬。這一次，牠沒有回到戈登家，而是跑到我的木屋門口，可惜當時我並不在家。

第二天回來時，我發現賓果死了，就死在小木屋的門口，牠的頭枕在門檻上——這門檻陪牠度過了幼犬那段美好的時光。那時，像顆絨球的牠常在這裡跳進跳出，玩著遊戲，等著我回來。

在生命的最後一刻，賓果希望尋求我的幫助，但這一次，牠卻白走了一趟，最終並沒能等到我。

【完】

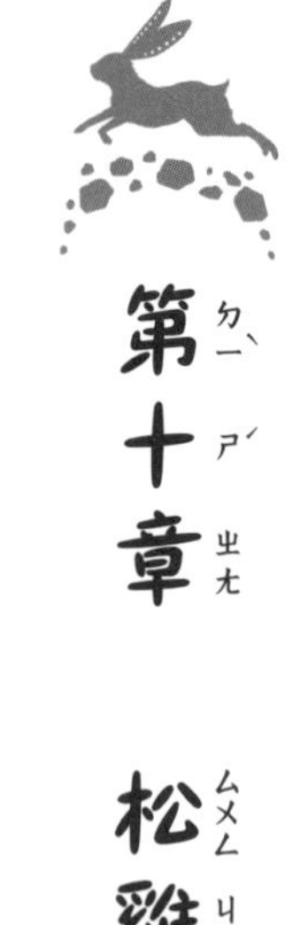

第十章 松雞「紅頸毛」

松雞媽媽帶著一窩小松雞，走下鬱鬱蔥蔥的山坡，來到一條晶瑩的小溪邊喝水。小松雞們雖然才出生一天，但是牠們的雙腳已經十分靈活，這是媽媽第一次帶牠們去喝水。

松雞媽媽走得很慢，而且警戒的蹲伏著身體，因為這片林子裡到處都是獵食者，可得萬分小心才行，牠在喉嚨裡發出「**咯咯**」的聲音，呼喚著幾隻雜色的小毛球。

小松雞們搖搖擺擺的跟在媽媽的身後，稍一落後，就嚇得「**唧唧**」叫，此時，牠們看起來還十分弱小。這一窩小松雞一共有十二隻，松雞媽媽對牠們呵護備至，牠仔細的查看每一棵樹、每一根草、每一片灌木林。

松雞媽媽似乎時時刻刻都在搜尋著敵人，你看，真的被牠發現了：一隻凶殘的大狐狸，正從草地另一頭朝牠們走來，用不了多久，狐狸就能聞到牠們的

氣味，發現牠們的行跡。情況危急！

「喀呃！喀呃！」（躲起來！躲起來！）松雞媽媽著急的喊道。才出生一天的小松雞們馬上分散躲藏起來，一隻藏到樹葉下，一隻藏到兩根樹樁中間，第三隻爬進捲曲起來的樺樹皮裡，第四隻一頭鑽進小洞，其餘的小松雞也紛紛找到了藏身之處，只有一隻小松雞一時間沒有主意，索性躺在一片寬大的黃色樹皮上，閉上眼睛，一動也不動，以為沒人能看見牠。

一下子，大家都安靜了下來。

但是，松雞媽媽卻直直的朝敵人衝了過去，牠毫無畏懼的停在離狐狸不遠的地方，「噗通」一聲，突然跌倒在地，好像傷了翅膀，又好像瘸了腿，似乎傷得很重，不停的哀叫著。

牠是在向狐狸求饒嗎？不，絕對不是！

人們都說狐狸聰明，可是在松雞媽媽面前，牠卻笨到家了。面對天上掉下來的大餐，狐狸得意忘形了起來，牠猛的撲向這個看起來受了傷的獵物，心裡

高興極了，可是狐狸卻撲了個空，眨眼間，松雞媽媽又往前挪動了一點點。

狐狸再次撲了上去，這下牠滿心以為大功告成了，沒想到一棵小樹又把牠與獵物隔了開來。松雞媽媽笨拙的躲到一根枯樹幹下面，凶殘的狐狸立刻伸出爪子掏了起來。這會兒，松雞媽媽竟然好像傷得沒那麼重了，牠向前跳了一下，狐狸立刻趕上去，來了一記猛撲，幾乎搆到了松雞媽媽的尾巴。但奇怪的是，儘管狐狸用盡了全身的力氣，還是連一根松雞羽毛也沒抓住，看來松雞媽媽的動作比狐狸更快，牠又順利逃了出來。

花了五分鐘的時間，這隻健壯的狐狸，竟然無法逮住一隻「受傷」的松雞，這可真奇怪啊！

不久，情況又發生了變化。在追逐了一段路之後，松雞媽媽突然展翅飛走了。

啊！原來松雞媽媽根本沒有受傷，狐狸受騙了。更慘的是，狐狸已經被松雞這種把戲騙過很多次，卻還是每次乖乖上當。

松雞媽媽繞了一圈，又安然的回到原來的地方，牠靜靜的站著，對於孩子們安靜的躲藏十分滿意，即使是聽到了媽媽的腳步聲，小松雞們仍是一動也不動。那隻躲在樹皮上的小不點也是，即使聽見響動，也沒有發出絲毫聲音，只是把眼睛閉得更緊了。

直到聽見松雞媽媽發出「**咯——哩！**」（孩子們，過來！）的叫聲，小松雞們這才鑽了出來。躲在捲樹皮裡的那隻小松雞個頭最大，牠睜著一雙圓圓的眼睛，躲到了媽媽寬大的尾巴底下，還發出「**啾啾啾**」的叫聲。這種甜絲絲的呼喚，敵人在三英尺外就聽不見了，但是松雞媽媽就算在三倍遠的地方，也是絕對不會漏聽的。

這會兒，陽光透著綠色的樹葉照進了林子，把整個林子烤得暖烘烘的，空氣中散發著綠葉的清香和泥土的味道。

要到達小溪，還得穿過一片空地。松雞媽媽確定沒有危險之後，展開扇子般的尾巴，讓小傢伙們聚在尾巴的影子下，這樣，刺眼的陽光就傷不到牠們了。松雞一家再次出發，不久，就來到了溪邊的灌木叢。

一隻棉尾兔突然出現，嚇了小松雞們一大跳，但是看見牠溫和的白色尾巴，小松雞們就放鬆了下來。牠們又長了見識：帶著白色尾巴的兔子，有著善良的眼睛，牠不會傷害小松雞們。

小松雞們開始學著媽媽的樣子在溪邊喝水。一會兒，牠們就學會了。牠們在溪邊站成一排，二十四隻小爪子支撐著十二個毛茸茸的小肉球，十二個可愛的小腦袋學著媽媽的樣子：低頭、喝水，抬頭看看天空，牠們第一次嚐到了清清涼涼、甜絲絲的溪水。

喝完水後，松雞媽媽又用尾巴保護著孩子們來到了草地的另一頭，牠站在一個長滿青草的大土堆旁——這是一個螞蟻窩。

松雞媽媽爬到土堆上，刨了幾下就刨開了這個鬆散的螞蟻窩，成群的螞蟻一湧而出，有的驚慌失措，沒頭沒腦的在地上亂轉，有的則馬上排起隊伍，開始搬移牠們的蟻卵。松雞媽媽走到小松雞們的面前，撿起地上的一粒白色螞蟻卵，「**咯咯**」叫了一聲，又把它丟到地上，然後再撿起來，又丟下。這樣做了幾次之後，牠才把螞蟻卵一口吞了下去。曾經躲在捲樹皮裡的黃色小松雞學著媽媽的樣子，撿起一粒螞蟻卵也是一陣丟丟撿撿，然後便一口把它吞了下去，牠就這樣學會了如何吃東西。

不到二十分鐘，就連個頭最小的那隻小松雞也學會了。牠們你爭我搶的吃著美味的螞蟻卵，吃得心滿意足。

直到所有的小松雞都吃得肚子圓圓的，松雞媽媽才把牠們帶到了一片又細又軟的沙土上，牠們就在這裡愜意的躺了整整一下午。小松雞們學著媽媽的樣子，一會兒用小爪子抓抓癢，一會兒拍幾下翅膀。牠們的翅膀都還沒有長好，只是絨毛裡的兩個小尖肉。

那天晚上，松雞媽媽把孩子們帶回了灌木叢，在刺藤下的枯葉堆中，牠早已準備好一個用羽毛搭成的溫暖小窩。有了刺藤的保護，小松雞們就這樣安心的依偎在媽媽的身邊，睡得又香又沉。在睡夢中，松雞媽媽還聽見小松雞「啾啾」的小聲叫著，牠的心裡一定是甜蜜蜜的。

到了第三天，小松雞們的雙腳已經十分健壯，牠們的小翅膀上也長出了一排青色的羽毛管。隔天，這些羽毛管裡就冒出了羽毛尖。又過了一天，小松雞們的羽毛已經完全長了出來，現在牠們經常拍打著自己的小翅膀，好像已經等不及要飛上天空了。

不過，最小的那隻小松雞卻沒那麼健壯，牠一出生就病厭厭的，和自己的兄弟姐妹比起來，牠跑得少卻叫得凶。

一個晚上，一隻臭鼬襲擊了松雞窩，松雞媽媽隨即發出「**快！快！**」（飛呀！飛呀！）的叫聲，大家趕緊逃跑，可是這隻最瘦弱的小松雞卻沒跟上。等一家人在松樹山上重新相聚的時候，松雞媽媽才發現最小的小松雞走失了。之後，這隻小松雞就再也沒有出現過。

小松雞們繼續接受訓練。牠們知道了溪邊草叢裡又肥又大的蚱蜢最好吃，也知道了醋栗樹上胖呼呼的青蟲十分肥美；牠們知道一座座螞蟻窩是牠們的糧倉，也知道山間紅豔豔的草莓清甜可口；牠們還知道蝴蝶是可口的美食，卻不好抓；枯樹上掉下來的樹皮中總是藏著美味；牠們也知道最好不要去碰泥蜂、小黃蜂、毛毛蟲和蜈蚣之類的東西。

七月，是漿果月。小松雞們長得很快，現在牠們已經長成了大個子，松雞媽媽得花更多的心思保護自己的孩子。最近牠們天天都去洗沙浴，牠們常去的是山上的一個公共浴場，各種鳥兒都在那裡洗澡。起先，松雞媽媽有所顧慮，但是細膩的沙土實在太誘人，孩子們一路上的興高采烈也讓牠放鬆了警戒。

兩個星期後，小松雞們變得無精打采，松雞媽媽自己也感覺身體很不舒服——貪吃、容易饑餓、發燒、疼痛、全身無力。松雞媽媽不知道，公共浴場的沙土裡竟然藏著致命的寄生蟲。

求生的本能帶著松雞媽媽去吃每一種看上去可以吃的東西，也帶牠來到一片涼爽的林子。在這裡，松雞媽媽發現一棵結滿果子的毒漆樹，牠嚐了嚐這些果子，又苦又辣的汁液似乎讓牠舒服了一點。小松雞們也學媽媽，嚐起了這些果子。大自然，賜予了牠們最好的藥物。這種會導致腹瀉的果子，一下子就治癒了松雞的病。但是優勝劣汰的定律，也奪走了兩隻小松雞的生命——因為牠們的身體太虛弱，根本無法承受毒漆樹果子帶來的劇烈腹瀉。

只剩下九隻小松雞了，牠們都很聽話，長得很快。可是這些小松雞中還有一個蠢蛋和一隻懶蟲。

松雞媽媽對那隻最大的小松雞格外照顧，牠就是曾經藏在黃色樹皮的小傢伙。這隻小松雞不僅個頭最大、行動最靈活，更重要的是，牠最聽話。每當松雞媽媽發出「**咯——咯——**」（危險）的警告時，牠總是最快躲起來，而當松雞媽媽用「**咯哩**」（過來）的聲音呼喚自己的孩子時，這個大個子也總是最快回到媽媽的身邊。

八月，也就是換毛月之後，小松雞們已經長得有成年松雞的四分之三大，牠們也已經更懂事，現在該學習過成年松雞的生活了。首先，牠們要學會的就是在樹上棲息，隨著小黃鼠狼、狐狸、臭鼬、水貂的到來，在地面生活變得不再安全。於是，有一天傍晚，松雞媽媽就「**咯哩**」、「**咯哩**」叫著，飛上了一棵枝繁葉茂的樹。

小松雞們學著媽媽的樣子飛上了大樹，但是有一隻小松雞卻不願意，牠仍然住在地上。頭一天晚上倒是平平安安的，但是第二天晚上，一隻水貂前來偷襲。在樹上棲息的小松雞們被一陣叫喊聲給驚醒，接著樹林又恢復了寂靜，只是黑暗中傳來的「**喀崩喀崩**」的咀嚼聲和「**吧唧吧唧**」的聲音，讓大家感到十分害怕。剩下的八隻小松雞在樹上擠成一排，松雞媽媽就睡在最中間。

小松雞們繼續成長。不久，媽媽開始教牠們「呼啦啦起飛」。

松雞可以不聲不響的飛上蔚藍的天空，但是「呼啦啦起飛」對牠們也十分重要。因為，起飛時的翅膀拍打聲，可以向周圍的同類發出警告，也可以讓獵人嚇一跳，藉此分散敵人的注意，讓其他松雞趁機逃跑。

松雞有句諺語：「月月食物換新樣，月月敵人不一樣。」九月的時候，穀物和種子取代了原本的漿果與蟻卵，而敵人也從臭鼬和水貂變成了人類。

獵人月裡，老獵人卡迪帶著他斷了尾巴的獵狗在樹林裡走來走去。松雞媽媽發現了獵狗，馬上發出警告的叫聲，其他的小松雞都飛走了，可是兩隻愚蠢的小松雞卻誤把獵狗認作狐狸，牠們跳上一棵矮樹，以為這樣就安全了，結果，獵狗的叫聲招來了獵人。

「砰！砰！」兩聲槍響，兩隻小松雞便渾身是血的跌落到了地上。

第十一章　「紅頸毛」一家

老獵人卡迪就住在唐谷附近一間破舊的小木屋裡。他過著隨心所欲的日子，以打獵為生，可是在人們的眼中，他更像是個流浪的人，而且貪得無厭。法定的獵捕松雞時間從九月十五日開始，可是卡迪才不管這些時間規定，他似乎一年四季都在打獵。奇怪的是，他總有逃脫懲罰的方法，所以他生活得相當自在逍遙。

老獵人卡迪喜歡獵捕棲息在枝頭上的鳥兒，這也是松雞一家能夠活到現在的原因之一。可是，隨著獵捕季節的到來，老卡迪決定親自出馬，找出這窩松雞的行蹤。

因著兩隻小松雞的慘死，還活著的小松雞們總算知道了狐狸和獵狗的區別。牠們不僅要學習避開樹林裡的那些宿敵，還得時刻提防獵人的來襲。小松雞們現在已經習慣棲息在榆樹又長又細的枝條上，這樣牠們才能避開地面上各

種可怕的敵人。

落葉月到了——月月敵人不一樣——現在松雞最大的敵人變成了貓頭鷹。於是，松雞媽媽把家遷移到了一棵茂密的鐵杉樹上。

不過，有一隻小松雞沒有跟上媽媽的腳步，牠仍舊停留在光禿禿的榆樹枝上，結果天還沒亮的時候，牠就被一隻貓頭鷹捉走了。

現在，只剩五隻小松雞和牠們的媽媽相依為命了，不過牠們的個頭已經和媽媽一樣大，其中那隻曾經躲在樹皮上的小松雞甚至長得比牠們的媽媽還要大。小松雞們的頸毛已經開始向外長了。

對於自己美麗的頸毛，松雞們可是萬分珍愛，因為就像孔雀的尾巴一樣，這是牠們身上最美的部分，當然也是最值得驕傲的地方。母松雞的頸毛是黑色的，帶著淺綠色的光芒。公松雞的頸毛長了許多，而且泛出深綠色的光芒，偶爾有特別健壯的公松雞，牠們的頸毛就更華麗了，深暗的銅紅色中夾著紫色、綠色、藍色，十分漂亮。那隻長得最大又十分聽話的小松雞，現在已經長出了金黃色與銅紅色相間的頸毛──「紅頸毛」的名字就是這樣來的，牠在唐谷可是一隻赫赫有名的松雞。

橡子月中旬的一天，也就是十月十五日的前後，正當松雞一家在一棵倒下的松樹旁舒服的曬太陽時，遠處傳來了「砰！」的一聲槍響。這聲音嚇得紅頸毛一下子就跳上了身邊的松樹，牠上上下下了幾次，像是突然受到鼓舞似的揮動自己的翅膀。牠把翅膀拍得「彭彭」作響，充分釋放著自己用不完的力氣，就像打鼓一樣。牠喜出望外的發現，原來自己還有這項技藝。可是，松雞媽媽卻有些擔憂起來。

十一月初，松雞們遇到了一個奇怪的敵人。這個月，松雞們變得瘋瘋癲癲的，牠們被遷徙的想望折磨得快要瘋了，還做出了各種傻事。松雞們一到夜晚，就開始四處亂竄，牠們不是衝進燈塔，就是撞上火車頭的大燈。人們到處都能發現發狂的松雞，沼澤裡、樓房內，甚至是航行船隻的甲板上。松雞們這些瘋狂的舉動，也許是自古以來的遷移習性所造成的。

松雞媽媽感到越來越擔心，於是牠更盡心的照顧小松雞們，讓牠們盡可能待在安靜的環境中。

隨著大雁南飛，瘋狂病對小松雞們的影響也越來越大。不知是大雁的叫聲刺激了牠們，還是蠢蠢欲動的遠行欲望鼓舞了牠們，小松雞們一直凝望著大雁遠去的身影，而且為了多看一眼，牠們還跳上了最高的樹枝。

十一月的滿月之夜，瘋狂病發作了。最弱小的松雞病得最厲害。在這段時間裡，紅頭毛好幾次在夜晚漫無目的的飛著，不知道為什麼，牠想飛往南方去，可是湖泊卻阻擋了牠繼續前行的腳步。等到瘋狂月結束的時候，紅頭毛又回到了那個牠所熟悉的溪谷。

冬季漫長，食物越來越少。為了覓食，紅頭毛一天比一天飛得更遠，終於，

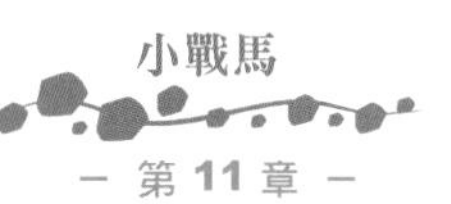

牠發現了長滿黃樺樹的玫瑰河谷，又發現了長滿葡萄和花楸果的弗蘭克城堡，還有賈斯特森林，那裡的樹上掛滿了各種果實，地上也結著飽滿的漿果。

紅頸毛還發現，獵人們並沒有闖入弗蘭克城堡，於是牠決定棲身在這裡。在弗蘭克城堡，牠學會了更多的知識，也變得更加英挺了。

現在，紅頸毛孤身一人，可是牠並不感到寂寞，牠總是遇見永遠開開心心的山雀。秋天剛一過完，山雀們就唱起了《春天快來了》這首森林裡的老歌，唱著唱著，饑餓月，也就是二月就這麼過去了。

陽光漸漸變得暖烘烘的，積雪慢慢融化了，連山坡都開始冒出嫩綠的喜冬草，它們的漿果是紅頸毛的大餐。沒多久，第一隻藍色知更鳥飛回了森林，唱著《春天來了》的歌。

三月，也就是復甦月的清晨，老烏鴉帶著牠的隊伍從南方回到了這裡，牠們用「嘎嘎」的叫聲正式宣布：春天已經到來！鳥兒們都活躍了起來，一股小小的激動之情蕩漾在牠們的心中。紅頸毛也不例外，牠慷慨激昂的跳上枯樹枝，用力拍打著自己的翅膀，牠多麼快樂啊！「**彭彭彭**」的拍擊聲迴蕩在山谷中。

老獵人卡迪的小木屋就在山腳，他一下子就聽到了響動，知道有一隻松雞等著他去捕抓呢！於是，卡迪帶著槍出發了。可惜，等他順著峽谷上來的時候，紅頸毛早已悄悄的飛遠了。

紅頸毛一口氣飛回了牠出生的那個溪谷，牠站在那棵倒下的松樹上，像第一次那樣「**彭彭彭**」的拍打著翅膀。

一天又一天，紅頸毛在溪谷裡拍打著翅膀。牠那麼慷慨激昂，身體裡彷彿有一股巨大的力量。牠昂首闊步的走來走去，滿意的欣賞著自己

在陽光下閃閃發亮的頸毛。

可是，這是為什麼呢？紅頸毛自己也不清楚。

慢慢的，紅頸毛長出了亮麗的羽冠，脫去了笨拙的雪鞋，牠的頸毛長得更長、更漂亮了，牠的眼睛也變得明亮，在陽光下，彷彿被金色光芒圍繞，看上去又神氣又高貴。

可是，牠卻開始感到孤獨了。

迷人的五月，延齡草用銀色的小花裝飾著枯木。一天清晨，當紅頸毛再次拍打翅膀的時候，突然聽到森林中一個小小的響動，是鳥兒落腳的聲音。紅頸毛轉過頭來，牠看見一個嬌羞的身影——一隻小巧的母松雞正凝視著牠。

母松雞羞答答的正準備轉身離去時，紅頸毛立刻飛到牠的身邊。紅頸毛抖擻著一身華麗的羽毛，在母松雞面前昂首挺胸的走著，嘴裡還說著溫柔的「情話」。顯然，這隻母松雞早已對牠有了愛意，要知道，這三天，母松雞可是天天站在一角望著牠。而現在，母松雞卻羞澀的低著頭。

就像乾渴的旅人找到了一泓清泉，牠們都將不再孤獨。

陽光從沒有這麼溫暖過，空氣中有著松樹甜甜的香氣，紅頭毛和母松雞布朗妮在溪谷中，度過了一段美妙的時光。牠仍然每天在枯枝上鼓動翅膀，有時是在母松雞的陪伴下，有時則獨自一人，「**彭彭彭**」的拍翅聲好像是為美妙生活而奏的鼓樂。可是，為什麼牠的新娘不能時時刻刻陪伴著牠呢？在一起待上一段時間之後，母松雞總要離開一會兒，有時是一小時，有時是一下午，而且離開的時間越來越長。這裡面原來藏著一個祕密。

有一天，布朗妮離開了紅頭毛。第二天，牠仍然沒有回來。第三天，依然不見布朗妮的身影。紅頭毛快急瘋了，牠閃電般的在樹林間飛來飛去，不時的還落到枯木上用力拍打翅膀，想用這「**彭彭彭**」的聲音召喚布朗妮。

第四天，紅頭毛絕望的飛回了溪谷，當牠重新站在松樹上，擂鼓般的拍打翅膀的時候，牠聽到了和第一次一樣的聲音，一隻鳥兒輕輕的落在牠的身邊。牠疑惑的轉過頭來，驚喜的看到自己的新娘就站在那裡，身後還跟著十隻啾啾叫的小松雞呢！

紅頭毛欣喜的飛到布朗妮旁邊，小松雞顯然被牠嚇了一跳。不久，紅頭毛就適應了小松雞們對母親的依賴，並和自己的新娘一起悉心的照顧孩子們。

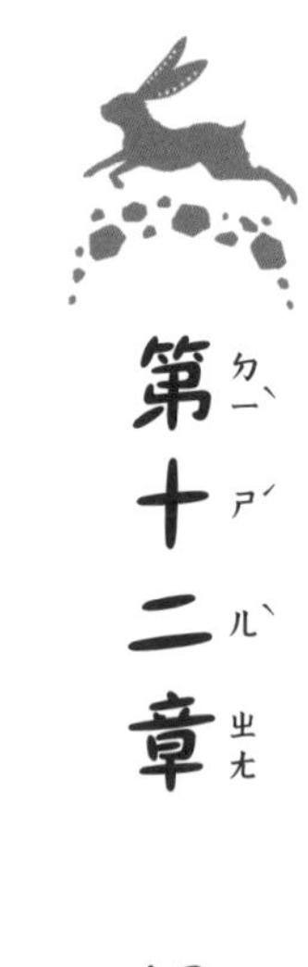

第十二章　好爸爸「紅頸毛」

在松雞的世界中，好爸爸是難得一見的。母松雞總是一個人擔負起養育孩子的任務，牠們甚至不讓公松雞知道鳥窩在哪裡。

小松雞孵出來之後，布朗妮把全部心思都花在孩子們的身上，這也是牠失蹤的原因。三天之後，小松雞們長得十分健壯了，布朗妮才把牠們帶出來見見這位光彩奪目的爸爸。很多公松雞對小松雞完全不感興趣，但是紅頸毛卻願意和布朗妮一起照顧孩子。在牠們的教導下，小松雞們很快學會了喝水、吃東西。每當布朗妮帶著小松雞們出去散步的時候，紅頸毛總是在一旁守護。

隔天，布朗妮帶著孩子們朝小溪走去，牠們的隊伍好像串著珠子的一條細繩，前後各有一顆最大的珠子。

一隻趴在樹上的紅松鼠看見了這支隊伍，樹葉遮住了牠的視線，牠並沒有發現站在不遠處的一棵枯樹上整理羽毛的紅頸毛。紅松鼠看見最小的一隻小松

雞遠遠的落在後面，於是牠起了壞念頭，便一頭猛衝下去，跳到最小的那隻小松雞面前。情況危急，布朗妮看見的時候已經來不及了。

就這個節骨眼上，紅頭毛從後面追了上來，牠的武器就是拳頭——一個長在翅膀上的疙瘩關節。於是，這隻倒楣的紅松鼠被重重的揍了一拳，牠最脆弱的鼻子上傳來一陣劇痛。紅松鼠被打得鼻青臉腫，「**吱溜**」一聲鑽進了灌木叢，一到安全地帶，牠就躺倒在地，喘著粗氣，鼻子上早已鮮血直冒。松雞一家不再理睬紅松鼠，轉身走開了，之後牠們便再也沒有見過這隻紅松鼠。

一家人繼續向前走。一隻小松雞突然掉進了牛蹄經過留下的坑洞裡，怎麼也爬不出來，牠淒慘的「**啾啾啾啾**」叫個不停。

兩隻大松雞一時間也不知該如何是好，牠們在坑洞的邊緣焦急的轉來轉去。沒想到，這一來倒歪打正著。坑洞的邊緣鬆動的泥土經過松雞一踩，就落到坑洞裡，形成一條斜坡，小松雞便順著這個斜坡慢慢走了出來。

布朗妮是位盡職的母親，牠雖然個子小，卻日夜不辭辛勞的照顧著自己的孩子。帶著小松雞散步時，牠努力把自己的尾羽幾乎撐成半圓形，就是為了給小松雞們提供更多的保護。

小松雞們在學會飛行之前，就遇上了老獵人卡迪。雖然剛到六月，卡迪已經迫不及待的帶著槍出來捕獵了，他的獵狗就在前面為他引路。紅頸毛眼看獵狗越來越接近，立即正面迎向敵人，採取萬無一失的裝死辦法，把獵狗一路引誘到唐谷去。

可是，老獵人卡迪卻趁機朝小松雞所在的地方跑了過來，布朗妮趕緊發出「**喀呃！喀呃！**」（躲起來！躲起來！）的信號，同時想辦法引開老獵人。布朗妮悄無聲息的靠近卡迪，趁他不注意時「**呼**——」的向老獵人的臉衝去，然後又假裝受傷，一下子跌在了地上，剛開始，老獵人還來不及反應，但是，這個狡猾的老獵人，馬上就知道這不過是布朗妮的小把戲，他凶狠的朝布朗妮揮棍打去，布朗妮敏捷的躲開了攻擊，一瘸一拐的躲到附近一棵樹背後。老獵人再次揮起棍子，但這一次布朗妮又躲開了。布朗妮再次一瘸一拐的撲到卡迪的跟前，牠柔軟的胸膛貼在地面上，老獵人也再次上了當。勇敢的母松雞意志堅定的保護著自己的孩子，可惜老獵人早已失去耐心，便一槍打死了這位偉大、勇敢的母親。

接著，老獵人開始尋找小松雞。就在他胡亂繞行、東翻西找的時候，很多隻小松雞被他踩死了。不過，老獵人不知道，也不在乎。

等紅頭毛回到樹林時，敵人已經離開，並且帶走了布朗妮的屍體。紅頭毛四處尋找愛妻，卻只發現一灘鮮血和布朗妮的幾根羽毛。牠終於明白發生了什麼事情。紅頭毛心中的恐懼與悲傷不言而喻，牠低著頭、皺著眉，眼睛裡泛著淚光，盯著血跡看了很久。

之後，紅頭毛回到了小松雞藏身的地方，牠呼喚著自己的孩子，不久，六隻小松雞就奔回了牠的身邊。紅頭毛繼續呼喚著，直到牠確定再也沒有遺漏任何一隻小松雞，才起身離開了這塊傷心地。

牠們一直走到小溪的上游，並且找到了一個由鐵絲網和荊棘所組成的小窩。在這裡，小松雞在爸爸的帶領下繼續成長，紅頭毛用牠母親養育牠的方法，對孩子們進行著訓練，豐富的知識和經驗幫助了牠。一整個夏天過去了，小松雞們一隻也沒少，牠們長得很快，等到獵人月來臨的時候，牠們已經共同組成了一個有七隻松雞的大家庭，一家之主是紅頭毛。

自從失去布朗妮以後，紅頭毛幾乎忘了自己拍起翅膀像打鼓的絕活。九月的時候，充足的食物讓牠變得更加健壯，牠的精神也更好了，當牠看到以前那棵倒下的松樹時，牠忍不住再次跳上去鼓動翅膀。

從那以後，牠經常這樣做，現在牠的聽眾變成了小松雞們，有時候孩子們甚至也會學著牠的樣子，拍打著自己的翅膀。

瘋狂月到來的時候，小松雞們也變得瘋狂起來，幸好牠們各個身強體壯，所以只有三隻小松雞離家遠去，沒再回來。

下第一場雪的時候，紅頭毛和牠的三個孩子住在溪谷裡。第一天，雪下得並不大，牠們就在一棵雪松低矮的樹枝下過夜。第二天，雪下大了，到處都是積雪，夜裡，雪停了，但天氣冷得刺骨。紅頭毛帶著孩子們鑽進白樺樹下的大雪堆裡，牠們在雪被子裡度過了溫暖的一夜。可是隔天，下了一場雨雪，牠們面前結起了厚厚的一層冰牆。

松雞們發現事態嚴重，牠們被一大片堅固的冰牆困住了！頭頂上的雪倒還鬆軟，紅頭毛一下子就鑽了一個通道，但是表層的冰卻堅

硬無比，儘管牠用嘴巴使勁的敲打，卻一點辦法也沒有。不一會兒，牠就渾身是傷了。紅頸毛聽到孩子們在下面掙扎著，也聽到牠們「唧——唧——」的求救聲。但是這一次與以前遇到的困難不同，牠們似乎真的毫無辦法了。

現在，牠們唯一的敵人就是饑餓。夜幕降臨的時候，牠們的肚子早就餓扁了，而且力氣也用完了。一家人都絕望的安靜了下來。一開始，牠們還害怕狐狸會前來偷襲，可是現在，牠們多麼希望狐狸能夠砸破冰層，這樣一來，牠們至少還有逃生的機會。

翌日，又是一場暴風雪，勁風夾雜著雪粒在森林裡颳來颳去，漸漸的磨薄了冰殼。紅頸毛不斷的用嘴敲打冰殼，不停的撞擊使牠頭痛欲裂。一夜又過去了，牠幾乎沒半點力氣了，連孩子們的求救聲也聽不見了。但就在天色亮起的時候，牠突然發現冰殼上出現一個亮點，這是牠持續努力得到的小小回報。

外面的雪下得更猛了，冰殼被夾著雪粒的勁風磨得越來越薄。傍晚時分，紅頸毛的嘴擊破了冰殼，這激起了牠的求生意志，於是牠繼續用嘴敲擊冰面。

太陽下山前，牠終於飛出了這座冰牢。牠採了些漿果填填肚子，但心裡還惦記著自己的孩子，於是馬上飛回了冰牢。牠又是尖叫、又是跺腳，卻只聽到一聲微弱的回應。在幾番努力之後，牠救出了唯一還活著的孩子——灰尾巴。

過了很久，充足的食物終於使紅頸毛和灰尾巴恢復了體力。但是牠們在雪地上留下的腳印和叫聲，卻暴露了牠們的行蹤。

老獵人卡迪背著槍上山，不停的搜尋著紅頸毛和牠的孩子，他甚至嘗試在遠距離射擊，不過每次都無法射中。

因著對森林的熟悉，紅頸毛總能逃過獵人的追捕。

紅頸毛的美麗頸毛和牠的傳奇經歷，已經讓牠在唐谷出了名。

雪月來臨的時候，紅頸毛和灰尾巴搬到了弗蘭克城堡的森林裡。那裡的樹木茂盛，食物充足。特別是那棵長在毒芹叢中的老松樹，到了夏天，它的樹冠就成了藍背鰹鳥夫妻的度假勝地。

紅頸毛十分喜歡這棵樹，牠帶著孩子住在大樹的底下。樹底下全是毒芹，中間還生長著刺叢和喜冬草，積雪下面能挖出甜甜的橡子，真是個食物充沛的藏身之處，更重要的是，這裡也能幫助牠們避開獵人的襲擊。

但是老獵人卡迪知道牠們的這個藏身處，於是他在這裡設下了圈套。老獵人埋伏在堤岸下偷看，派出同夥去追趕松雞。紅頸毛很快就發現了敵人，於是大聲的叫起來，並立即跑向大松樹去。

灰尾巴這時正在小山上覓食，牠碰上了一個新敵人——獵狗。驚慌失措的灰尾巴一邊「**快！快！**」（飛呀！飛呀！）的叫著，一邊沿著堤岸逃跑，眼看就要起飛了。由於樹葉的遮擋，紅頸毛沒看見這個新來的敵人。紅頸毛「**咯哩！喀呃！**」（過來！躲起來！）的對著灰尾巴叫了起來，牠知道灰尾巴已經進入獵人的射擊範圍了。紅頸毛閃身躲到了樹幹後面，仍繼續呼喚著灰尾巴。突然，紅頸毛聽到堤岸下傳來一絲響動。**糟糕，有埋伏！**就在此時，獵狗正好撲向灰尾巴，灰尾巴於是繞到了樹幹的另一側，牠避開了站在明處的獵人同夥，卻還是落入了卡迪的圈套。

「呼——」的一聲，灰尾巴飛了起來。

「砰！」的一聲，牠掉了下來——灰尾巴就這樣失去了生命。

紅頸毛現在身處險境，想飛走已經不可能，牠只得安靜的蹲下來。現在，獵狗離牠不過十英尺，老獵人卡迪更離牠只有五英尺。紅頸毛一直沒有動，直到牠看準時機，溜回樹幹後面，然後，趕緊飛回了冷冷清清的溪谷。

親人們的一一離去，讓紅頸毛倍感孤獨。多次死裡逃生，成了同類中的唯一倖存者，紅頸毛越來越孤單了。

到了積雪極厚、食物短缺的日子，老獵人卡迪又想出了一個主意。他在暴風雪裡唯一的覓食場地周邊，設置了一排羅網。紅頸毛在觀察遠方一隻老鷹的時候，不幸踩上了一個。

一整天，紅頸毛就被倒掛在那裡，牠忍受著全身劇烈的疼痛。牠拚命的掙扎，就是沒辦法逃脫。整整一天一夜，牠就這樣被吊著、痛著、掙扎著，最後只想一死了之，可是獵人卻一直沒有出現。

第二天夜幕降臨的時候，垂死拍打翅膀的聲音引來了一隻貓頭鷹，牠結束了紅頭毛的痛苦，也結束了紅頭毛的生命。

北風順著溪谷颳起，飛騰的雪花好像一匹飛奔的雪馬。但原本應該是雪白色的雪馬，卻沾滿了黑糊糊的東西，那是紅頭毛的羽毛，它們原本是如彩虹般美麗耀眼的啊！

那天晚上，風雪將這些羽毛送去了遙遠的南方——唐谷松雞一族的最後一絲痕跡也消失無蹤了。

弗蘭克城堡森林再也聽不到松雞的叫聲，溪谷裡的那棵老松樹也從此無人來訪，它無聲無息的腐爛了。

【完】

第十三章 老狐狸「疤臉」

一個多月來，我家農場的母雞一隻隻莫名其妙的失蹤。

我發現，母雞是在雞舍附近被整隻偷走的，所以排除了是流浪漢或鄰居偷竊的可能。母雞也不是在高處被抓走，所以不可能是貓頭鷹或浣熊所為。而且我沒有找到被吃剩下的羽毛或骨頭，這足以證明，嫌犯並非黃鼠狼、臭鼬、水貂。這樣一來，小偷就非狐狸莫屬了。

河的對岸是一大片松樹林，我在那裡發現了狐狸的蹤跡和一根雞毛，為了找到更多線索，我爬上了岸邊的高地。就在此時，我看到一群烏鴉正俯衝向淺灘上的什麼東西。定睛一看，原來是一隻狐狸，牠的嘴裡還銜著一隻母雞。

烏鴉永遠是一邊大聲喊捉賊、一邊拼命搶奪別人的贓物。現在上演的，正是這樣一齣戲碼。狐狸為了涉水過河，暴露在烏鴉群的攻擊之下，本來牠可以帶著食物快速的逃掉，但是我的出現讓牠不得不丟下母雞，獨自落荒而逃。

狐狸這樣有規律的大量搬運食物，可見牠正在養育後代。

為了找到狐狸一家，我帶著獵狗進入了樹林。一進入狐狸的領地，我的獵狗便開始搜尋起來，這時遠處傳來狐狸尖利的叫聲，獵狗像箭一般衝了出去，一下子就消失在密林中。

過了一會兒，獵狗氣喘吁吁的回來，牠趴在我的腳邊，看起來累極了。

可是茂密的樹林裡，立刻又傳來狐狸的叫聲。

於是獵狗發出又粗又響的叫聲，便朝北邊追了出去。我在黑暗中豎起耳朵聽著聲音，先是很響亮的「**汪汪**」聲，不久就變成了低沉的「**啊嗚**」一聲，後來我就只能聽到遠處傳來的一、兩聲微弱的嗥叫，表示獵狗又跑遠了。

黑暗的森林裡，鋸磨鴞唱著「**叮咚**、**叮咚**」的歌。終於，我聽見了低沉的喘氣聲和樹葉窸窸窣窣的響聲，我的獵狗羅傑

回來了。牠一下子就癱倒在我的腳邊，喘著粗氣，看起來完全累壞了。

可是這時，黑暗中再次傳來狐狸細聲的嗥叫。我突然恍然大悟，狐狸這是在引誘羅傑，這個小偷的老巢一定就在附近。

有了這個收穫，我決定先打道回府。

這裡的人都知道附近住著老狐狸一家，但是誰也沒想到，牠們竟然就在人們的眼皮子底下過日子。

老狐狸又叫「疤臉」，那是因為牠的臉上有一道從眼睛一直延伸到耳朵的白色疤痕。這是有一次牠在追兔子的時候，撞上有刺的護欄留下的。白色的疤痕成了老狐狸的永久標記。

去年冬天，我在野外打獵的時候就遇見過牠。

那次，我們在山谷邊的空地上遇上。我一動也不動，生怕驚動了牠，等到狐狸消失在灌木叢中，我才跑到灌木叢另一頭守株待兔。可是左等右等，狐狸就是不出來，後來我才發現，這個狡猾的傢伙早已從另一條路溜走了。而且，牠還蹲坐在我的身後，開心的齜著牙。原來，牠早就知道我的意圖，現在正蹲在後面看好戲呢！

春天的時候，我又一次被「疤臉」給戲弄了。那天，我和一個朋友在農場上散步。正要經過一處石堆的時候，我的朋友指著石堆上的幾塊灰色和褐色的大石頭說：「你看，那第三塊石頭，可真像一隻蜷縮的狐狸啊！」

可是我沒看出來，於是我們繼續走著。一陣風吹過，就看見那塊石頭突然有了毛絨絨的感覺。這下連我也懷疑了。我轉身朝那塊石頭走去，才剛邁步，那「石頭」就跳起來，跑走了。

沒錯，就是那隻狡猾的「疤臉」。牠迅速跑進了黃草堆裡，然後一動也不動，我也因此而找不到牠。這件事妙就妙在，「疤臉」顯然知道自己的外型像一顆圓圓的石頭，身上的毛髮也和枯草顏色一樣，而且牠非常清楚知道，如何利用這一點來躲避危險。

「疤臉」就這樣在附近林子裡住了下來，還把我們農場當成了牠的食物儲藏室，愛來就來，要走就走。

第二天早晨，我在松樹林裡發現一個剛堆起來的土堆。這堆土一定出自一個新挖的洞穴，但我卻找不到洞穴入口。聰明的狐狸挖掘巢穴時，會將泥土從洞口搬運出來，然後再到遠處挖掘另一個洞口，並把第一個洞口徹底封死。

在小山的另一側，我終於發現了狐狸家的大門，那裡顯然有一窩小狐狸。山坡上，有一棵空心的椴樹，在樹底下有一個大洞，上面還有一個稍小的洞。村裡愛玩的孩子們在鬆軟的椴樹幹上挖出了臺階，方便自由上下。

狐狸的家就在這一帶。

第二天，我在椴樹上頭觀察狐狸一家。牠們有四隻可愛的小狐狸，每一隻都毛茸茸的，四肢又長又粗，表情十分天真，很像一群柔順的綿羊。可是，看牠們尖尖的鼻子和狡黠的眼神就知道，牠們都是狡猾的老狐狸後代。

小狐狸在四周玩耍，不久，牠們的媽媽就回來了。母狐狸還帶回了一隻母雞——如果我記得沒錯，這已經是第十七隻了。聽見母狐狸的呼喚，小狐狸們連滾帶爬的迎了上去。接下來這一幕讓我十分感動。

母狐狸注視著自己的孩子快樂的追趕母雞，同時留意著四周的動靜。牠的臉上露出愉悅的微笑，雖然眼神中還帶著狡黠與殘忍的神色，但是牠的自豪與母愛是那麼的明顯而真切。

我在低於狐狸洞的灌木叢中觀察牠們，因此對於狐狸一家的活動一目了然，而且來去自如，並沒有驚擾到牠們。

多日下來，我對狐狸的觀察發現，只要一聽到響動，小狐狸們就會變成一動也不動的木頭人，如果警覺到危險，便會立刻逃進洞穴裡。

母愛的力量是無窮大的。母狐狸雖然還很年輕，但是對小狐狸的愛讓牠充

分發揮了獵捕本能，經常為孩子們帶回活跳跳的老鼠和鳥，讓牠們可以盡情的玩耍與學習。

第十四章　小狐狸的課程

山上的果園裡住著一隻土撥鼠，牠很會照顧自己，在松樹樁根部之間安置了自己的家。每天早晨，土撥鼠就站在樹樁上享受陽光，如果發現附近有狐狸出沒，便會立刻溜回自己的窩。

一天清早，狐狸爸媽覺得自己的孩子應該學習關於土撥鼠的課程了，於是牠們朝著果園走去。

「疤臉」首先露面，牠從離樹樁有一段距離的地方悄悄走過，裝作沒看見樹樁上的土撥鼠。當狐狸走近的時候，土撥鼠謹慎的退回自己家洞口，牠在等狐狸離開，但為了安全起見，牠決定先鑽進洞裡去。

這正合了狐狸的心意，母狐狸趁這時候趕緊跑過來，躲藏在樹樁的後面。

「疤臉」繼續裝模作樣的往前走。

聽到外面已經沒有什麼動靜，土撥鼠小心的從洞口探出頭，看見「疤臉」

漸漸遠去，便放心的爬上了樹樁。就在這時，躲在一旁的母狐狸一躍而起，一把逮住了牠。母狐狸用力搖晃了幾下，土撥鼠馬上就被嚇昏了過去。

母狐狸小心翼翼的把受傷的土撥鼠帶回家，牠對著巢穴發出一聲呼喚，把孩子們都叫了出來。四隻小狐狸立刻奔到媽媽跟前，牠們用幼嫩的牙齒狠狠的撕咬著土撥鼠。為了保命，土撥鼠一邊掙扎，一邊向著灌木叢逃去。母狐狸見狀，就一次次的把土撥鼠趕回空地上交給小狐狸們。牠們重複著這個殘忍的遊戲，直到一隻小狐狸被土撥鼠咬傷，孩子的尖叫激怒了母狐狸，於是牠一口結束了土撥鼠的生命。

離狐狸窩不遠的地方有塊長草的凹地，那是田鼠的家。小狐狸們也在那裡上了關於田鼠的第一課。

夜晚，四下寂靜無聲，沒有什麼風。狐狸一家來到凹地，母狐狸讓小狐狸安靜的埋伏在草叢裡。不久，牠們就聽到獵物「吱吱」的叫聲。母狐狸立起身子，牠甚至踮起了腳尖，因為這樣才能看見隱藏在草叢中的田鼠行蹤。

只要觀察草的輕微搖動，就能發現田鼠的蹤跡，因此只有在無風的日子，才有捕抓田鼠的行動。不久，母狐狸便一躍而起，在牠的爪子底下，一隻田鼠發出「吱——」的一聲慘叫。

小狐狸們很快就學著媽媽的樣子，踮起牠們的小腳，悄悄的觀察著草叢裡的動靜。又是「吱——」的一聲尖叫，最大的那隻小狐狸生平第一次捉到田鼠，原始的野性驅使牠立刻咬住了田鼠，這種本能一定連牠自己都感到驚奇。

另一堂課是關於紅松鼠的課。

一隻聒噪的紅松鼠與狐狸一家是鄰居，紅松鼠住在安全的大樹高處，覺得自己毫無危險，便經常用最難聽的話咒罵狐狸。有一、兩次，當紅松鼠在林地上飛奔，或是在較低的樹幹上咒罵狐狸時，小狐狸們也曾試圖捉住牠，可惜都沒有成功。

母狐狸熟知紅松鼠的個性，適當的時機到了，牠要用這隻紅松鼠做示範，給孩子們上一課。把小狐狸們藏好之後，母狐狸就在林地中央躺了下來。粗俗無禮的紅松鼠馬上在高處對母狐狸破口大罵。可是，躺在地上的母狐狸卻動也不動，好像死了一樣。

這太奇怪了，紅松鼠好奇的從樹上爬了下來，環顧四周之後，牠飛快的穿過林地，又竄到了另一棵樹上，待在安全的地方。一回到高高的樹上，紅松鼠就覺得自己沒有危險，於是又開始咒罵狐狸。但其實，牠是多麼害怕母狐狸會跳起來捉住自己啊！

母狐狸仍然一動也不動，就連小狐狸們也以為自己的媽媽真的死了。好奇的紅松鼠再次下到地面，牠甚至大著膽子走到母狐狸很近的地方，還朝母狐狸頭上扔了一塊樹皮，用一連串骯髒的字眼咒罵。

這樣試了幾次之後，紅松鼠終於大膽的走到了母狐狸身邊。因為牠認為，母狐狸一定已經死了。就在這一刻，母狐狸跳了起來，才一眨眼的功夫，就結束了紅松鼠的生命。

以上，就是小狐狸所學習的簡單課程。接下來，牠們還上了一些比較困難的，一樣接著一樣，漸漸學會了有關鳥和野獸的知識，也瞭解了各種氣味。

一天晚上，母狐狸把孩子們帶到一個扁平的黑色物體前，小狐狸們輕輕嗅了一下就覺得寒毛直豎，心裡冒出一股沒來由的憎惡和害怕。

「這是人的味道！」母狐狸告訴牠們。

第十五章　失去「疤臉」的小狐狸

家裡的母雞還是三天兩頭的不翼而飛，我的叔叔非常生氣，但我並沒有把狐狸巢穴的事告訴他。

為了讓他消氣，我重新帶著獵狗出發前往樹林。我在山坡上的一個樹樁上歇腳，讓獵狗繼續往前搜尋。不久，獵狗用叫聲向我示意：「狐狸，狐狸，就在下面山谷！」

過了一會兒，我就見到「疤臉」輕盈的跑著，慢慢跑入了河水中。牠在淺水中跑了幾步，然後朝我的方向走來。牠不時回頭查看獵狗的動靜，顯然沒有發現我。在離我不遠處，狐狸停下了腳步，牠回頭等著看一場好戲。獵狗正疑惑的在河邊嗅聞著，上上下下遍尋不著狐狸的行蹤，一下子皺著眉頭、一下子吐著舌頭，顯得十分沮喪。

當獵狗被狐狸詭計騙得團團轉的時候，我發現狐狸的樣子突然變得很滑

稽，牠快樂的跳了幾下，還用後腿撐起身體，想看得更清楚一些。牠的嘴角咧開，好像在嘲笑獵狗的樣子。

老狐狸愉快的溜掉了。當獵狗朝我這邊過來的時候，牠已經鑽進樹林去。我仍一動也不動，老狐狸並未查覺，在這二十分鐘裡，牠一直置身於危險之中。

連著幾天，狐狸這樣的小把戲不停上演。在河的對岸，我叔叔從屋子裡清清楚楚目睹了一切。於是，他決定親自出馬收拾老狐狸。他躲在山坡上，看著老狐狸戲弄獵狗，然後便朝狐狸的背後開了一槍。

「疤臉」被殺了，但是母雞仍不斷失蹤。叔叔氣極敗壞，在林子裡設下大量的毒餌。母狐狸對毒餌一清二楚，並沒有受到任何傷害。但是失去了「疤臉」，母狐狸必須獨力負起照顧孩子、迷惑獵狗、清除痕跡等任務。繁重的工作讓牠忙得團團轉，因此，出現疏忽的情形，也是在所難免。

而這最終也釀成了一場悲劇。

一天晚上，叔叔帶著槍和兩隻獵狗進入林子。羅傑馬上發現狐狸的氣味，並找到牠們的巢穴。另一隻獵狗「點子」狂叫著，好像在說：「快！快！小狐狸們都藏在裡面！」

不久，狐狸的滅頂之災即將到來。叔叔雇來的人用鐵鍬對狐狸窩挖了起來，而我和獵狗就站在旁邊。

母狐狸很快露了面，牠發出尖叫聲，引開了獵狗。跑了幾步之後，母狐狸突然跳上羊背，像騎馬一樣穩當的騎在羊背上，受驚的羊立刻狂奔了起來，這樣一來，獵狗便難以追蹤狐狸的行蹤了。

擺脫獵狗之後，母狐狸立刻折了回來，可是獵狗不久也回來了。母狐狸絕望的在四周兜著圈子，牠多麼想把我們從牠的寶貝身邊引開啊！

挖掘工作很快有了收穫，狐狸巢穴已經完全被挖開了，四隻毛茸茸的小狐狸拼命的往裡面擠，害怕的縮著身子。

我還來不及出手阻止，鐵鍬和獵狗已經結束了三隻小狐狸的性命，最小的小狐狸夾著尾巴躲在裡面，這才保住了自己的小命。母狐狸還在絕望的尖叫著，牠靠得很近，希望能夠引開獵狗，救出自己的孩子。

唯一倖存的小狐狸被扔進了布袋，牠在裡面非常安靜。我們用土埋了其他小狐狸的屍體，就回農場去了。

回到農場，也許是被母狐狸的母愛所感動，沒有人再傷害這隻倖免於死的小狐狸，我們把牠拴在院子裡，還給了牠一個木箱當窩。小狐狸毛茸茸的，好像一隻安靜的羔羊，可是牠黃色的眼睛裡迸射出狡猾又凶狠的目光，還是能讓人一眼就認出，牠就是一隻小狐狸。

我在窗口觀察著牠的一舉一動。有人的時候，小狐狸就縮在木箱子裡，等人們離開一陣子之後，牠才四處張望起來。院子裡還住著幾隻母雞，小狐狸對

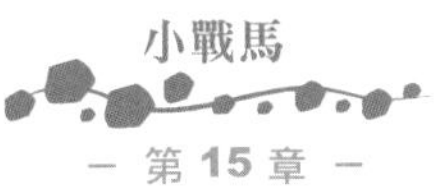

牠們的味道再熟悉不過了。於是，當母雞靠近牠時，小狐狸突然衝了上去，正當牠的牙齒要咬住母雞時，鏈條卻把牠給拽了回去。

夜裡的時候，小狐狸變得狂躁不安起來。牠跑來跑去，啃著鐵鍊，一刻也不能安靜。然後牠朝著遠方發出顫抖的叫聲，接著又停下來，豎起耳朵，好像在等待回應。終於，遠處傳來了母狐狸的呼喚。幾分鐘後，一個黑影來到小狐狸身邊。母狐狸叼起小狐狸就想跑走，但鐵鍊的束縛猛的將小狐狸給拽了回來。開窗的聲響驚動了母狐狸，牠跑掉了。

一小時後，小狐狸安靜了下來。我藉著月光，看見母狐狸竟然伸展著身軀，躺在小狐狸身邊。牠一邊啃著那條無情的鐵鍊，一邊在給自己的孩子餵奶。

我出來時，母狐狸跑了，而小狐狸的身邊放著兩隻剛死掉的田鼠，這是母狐狸給小狐狸送來

的食物，而且鐵鍊的其中一端已經被磨得光亮。

我又來到狐狸的巢穴。在這裡，我發現了母狐狸的行蹤。這位心碎的母親，已經把三隻小狐狸的屍體挖了出來，它們靜靜的躺在那裡，身體被舔得乾乾淨淨，身旁還放著兩隻死母雞。在這裡，母狐狸曾靜靜的注視著自己的孩子，牠甚至再次躺臥在孩子們的身邊，想讓牠們再吸一口奶水。可是原來活潑可愛的三隻小狐狸，已經變得冰冷僵硬。牠們不再呼喚媽媽，也不能再在樹林裡歡快的跑來跑去了。

從此，母狐狸再也沒有回來過這裡，因為牠知道自己的孩子已經死了。

在我家院子裡的那隻小狐狸，成了母狐狸唯一的牽掛。

這時，叔叔把獵狗放出來保護母雞，並發誓非逮住母狐狸不可。即使情況艱險，母狐狸還是每晚都會出現，除了帶來新鮮的食物，還親自給小狐狸餵奶。

有一天晚上，我看見母狐狸在小狐狸木箱旁挖洞，牠把鏈條鬆弛的部分全都埋進洞裡，以為這樣就能帶走小狐狸。但是等到牠叼起孩子準備逃走的時候，鐵鍊還是無情的將孩子從牠的口中奪了回去。小傢伙無助的爬向木箱，然後「嗚嗚」的哭泣了起來。

過了半小時，獵狗突然放聲狂吠，牠們發現母狐狸了。羅傑追了出去，但是直到第二天，牠仍然沒有回來。後來，我們才在鐵軌下方，找到了羅傑殘缺不全的身體。

母狐狸非常了解火車的作用。牠可能在火車到來之前，先在鐵軌上跑了一段，等羅傑順著氣味追蹤而來，剛好被火車撞死。另一個更有可能的情況是，母狐狸在前面領著羅傑跑上高架橋，當火車在橋上要輾過牠們的一瞬間，母狐狸馬上跳離了軌道，而笨拙的羅傑便一命嗚呼了。

母狐狸的方法奏效了。顯然，牠是在報復我們。

那天晚上，母狐狸又殺死了一隻母雞，並把美食送到了小狐狸身邊。正是這隻母雞，讓我的叔叔終於發現，原來母狐狸都會在夜裡來看望自己的孩子。

當天夜裡，叔叔就拿著槍開始守夜。下半夜的時候，他喚來了一個幫手替他繼續值夜。夜晚的寂靜讓值夜的人感到不安，一小時後，我聽見了槍聲。

早上，我們再次發現有一隻母雞不見了。

第二天晚上，叔叔自己持槍守了一夜。夜裡，槍聲再度響起。可是隔天早上，我們依舊只發現鐵鍊上的磨痕，顯然，母狐狸花了很長的時間，想要咬斷這個可惡的束縛。

母狐狸的勇氣，贏得了大家的尊敬。第三天夜裡，沒有人再持槍守夜了。

可是這位偉大的母親還會回來嗎？

第四天夜裡，我聽到小狐狸的輕聲呼喚，母狐狸空手而來，牠靜靜的望著小狐狸，沒有發出聲響。難道牠終於明白，人類會提供食物給牠的孩子嗎？

不，情況並非如此。生活在野外的這位母親，深知自由的重要，在一切的努力都失敗之後，牠選擇了最殘酷的方法拯救小狐狸逃出困境。

母狐狸像一個幽靈般，走掉了，但不久後牠又回來了，並且帶來了幾塊肉。

小狐狸津津有味的吃著母親帶來的食物。不久，小狐狸感到渾身劇痛，牠發出痛苦的尖叫，幾次掙扎之後，小狐狸死了。

母狐狸顯然知道毒餌的作用，但牠知道失去自由對孩子來說，更是一種長久的折磨。於是，母狐狸親自解脫了自己孩子的痛苦。

冬季降臨的時候，我再也沒有在林子裡看見母狐狸的蹤影。牠離開了。

【完】

旅遊頻道 YouTuber

在尋找青鳥的旅途中，走訪回憶國、夜宮、幸福花園、未來世界……

在動盪的歷史進程中，面對威權體制下看似理所當然實則不然的規定，且看帥克如何以天真愚蠢卻泰然自若的方式應對，展現小人物的大智慧！

地球探險家

動物是怎樣與同類相處呢？鹿群有什麼特別的習性嗎？牠們又是如何看待人類呢？應該躲得遠遠的，還是被飼養呢？如果你是斑比，你會相信人類嗎？

遠在俄羅斯的森林裡，動物和植物如何適應不同的季節，發展出各種生活形態呢？快來一探究竟！

咦！人類可以騎著鵝飛上天？男孩尼爾斯被精靈縮小後，騎著家裡的白鵝踏上旅程，四處飛行，將瑞典的湖光山色盡收眼底。

歷史博物館館員

探索未知的自己

未來，你想成為什麼樣的人呢？探險家？動物保育員？還是旅遊頻道YouTuber……
或許，你能從持續閱讀的過程中找到答案。
You are what you read!
現在，找到你喜歡的書，探索自己未來的無限可能！

你喜歡被追逐的感覺嗎？如果是要逃命，那肯定很不好受！透過不同的觀點，了解動物們的處境與感受，被迫加入人類的遊戲，可不是有趣的事情呢！

哈克終於逃離了大人的控制，也不用繼續那些一板一眼的課程，他以為從此可以逍遙自在，沒想到外面的世界，竟然有更大的難關在等著他……

到底，要如何找到地心的入口呢？進入地底之後又是什麼樣的景色呢？就讓科幻小說先驅帶你展開冒險！

動物保育員

森林學校老師

打開中國古代史，你認識幾個偉大的人物呢？他們才華橫溢、有所為有所不為、解民倒懸，在千年的歷史長河中不曾被遺忘。

瑪麗跟一般貴族家庭的孩子不同，並沒有跟著家教老師學習。她來到在荒廢多年的花園，「發現」了一個祕密，讓她學會照顧自己也開始懂得照顧他人。

影響孩子一生名著系列 01

小戰馬

學會珍惜與尊重生命

ISBN 978-986-95585-6-3 / 書 號：CCK001

作　　者：歐內斯特．湯普森．西頓 Ernest Thompson Seton
主　　編：陳玉娥
責　　編：顏嘉成、呂沛霓
插　　畫：蔡雅捷
美術設計：蔡雅捷、鄭婉婷
審閱老師：施錦雲

出版發行：目川文化數位股份有限公司
總 經 理：陳世芳
發　　行：周道菁
行銷企劃：許庭瑋、陳睿哲
法律顧問：元大法律事務所 黃俊雄律師
台北地址：臺北市大同區太原路 11-1 號 3 樓
桃園地址：桃園市中壢區文發路 365 號 13 樓
電　　話：(02) 2555-1367
傳　　真：(02) 2555-1461
電子信箱：service@kidsworld123.com
劃撥帳號：50066538

國家圖書館出版品預行編目 (CIP) 資料

小戰馬 / 歐內斯特 . 湯普森 . 西頓作 . -- 初版 . --
臺北市 : 目川文化 , 民 106.12
面 ;　公分 . --（影響孩子一生的世界名著）
注音版
ISBN 978-986-95585-6-3（平裝）

885.359　　106025083

網路書店：*kidsbook.kidsworld123.com*
網路商店：*kidsworld123.com*
粉 絲 站：FB「悅讀森林的故事花園」

印刷製版：長榮彩色印刷有限公司
總 經 銷：聯合發行股份有限公司
地址：新北市新店區寶橋路 235 巷 6 弄 6 號 4 樓
電話：(02)2917-8022
出版日期：2018 年 3 月（初版）
定　　價：280 元

Text copyright ©2017 by Zhejiang Juvenile and Children's Publishing House Co., Ltd..

Traditional Chinese edition copyright ©2018 by Aquaview Co. Ltd .

All rights reserved. 版權所有，翻印必究。
如有缺頁、破損或裝訂錯誤，請寄回更換。

建議閱讀方式

型式	圖圖圖	圖圖文	圖文文		文文文
圖文比例	無字書	圖畫書	圖文等量	以文為主、少量圖畫為輔	純文字
學習重點	培養興趣	態度與習慣養成	建立閱讀能力	從閱讀中學習新知	從閱讀中學習新知
閱讀方式	親子共讀	親子共讀 引導閱讀	親子共讀 引導閱讀 學習自己讀	學習自己讀 獨立閱讀	獨立閱讀